# 東海道新幹線殺人事件

葵瞬一郎

KODANSHA NOVELS
講談社ノベルス

カバー写真＝椎野　充（講談社写真部）
カバーデザイン＝岩郷重力＋A.O
ブックデザイン＝熊谷博人・釜津典之

目次

# プロローグ

九月十八日、月曜祝日。午後九時四十五分。下り新幹線『のぞみ431号』新大阪《しんおおさか》行き。

車掌の望田《もちだ》が乗客から声をかけられたのは、新横浜《しんよこはま》駅を発車して間もなくだった。

「済みません、さっきからずっとそのスーツケースの中で何か鳴ってるんですけど、うるさくて」

十四号車の最後尾列に座っていた男が、顔をしかめて言った。スーツを着た四十代くらいのサラリーマン風の男だ。

男が指差したのは、席の裏側のスペースだった。そこには茶色地に白の水玉模様という特徴的な柄のスーツケースが置かれていた。取っ手には赤いスカーフが巻かれている。

確かに、そのスーツケースからは耳障りな電子音が聞こえてくる。目覚まし時計のアラーム音だろうか。ほんの一時ならともかく、ずっとこれを聞かされていてはたまらないだろう。

「こちらのスーツケースの持ち主の方、いらっしゃいますか？」

望月は車内に向けて呼びかけてみた。だが、七割方席が埋まった車両内で、手を挙げる客はいなかった。

困ったな、と望田は思った。クレームをつけてきた乗客は、いらいらした顔つきで次の望田の対応を待っている。もう少し我慢してみてください、と言い残して立ち去るわけにはいかなかった。

「とりあえず、不審な荷物ということで確認してみます」

望田はそう告げて、スーツケースをデッキまで運び出した。

スーツケースのどこかに持ち主の名前でも書いてないだろうか。望田は屈み込んでスーツケースを調べてみた。

と、そこで、のぞみ431号は上りの新幹線とすれ違い、風圧で車両が左右に揺れた。その拍子に、スーツケースがばたんと横倒しになってしまう。

「あっ」

慌てて望田が手を伸ばそうとしたとき、鍵がかかっていなかったのか、スーツケースの蓋《ふた》がぱかりと開いた。

中に入っていたのは、黒いビニール袋に包まれた大きな塊のようなものだった。

何だろう、と首を傾《かし》げた望田は、ふと嫌な臭気を感じた。血と肉、それに腐敗臭。

まさかと思いながら、望田は恐る恐る手を伸ばし、軽く結ばれたビニール袋の口をほどいた。ゆっくりと口を開いて中を覗《のぞ》き込む。

「きゃあ！」

悲鳴を上げたのは、望田ではなく、ちょうど通りかかったパーサーだった。大きく目を剝《む》いて、よろめいてワゴンを壁にぶつける。

望田も悲鳴を呑《の》み込みながら、食い入るようにビニール袋の中身を見つめていた。

そこに入っていたのは裸の女性の死体だった。しかも、あるべきところに頭部がない。首から上が切断されているのだ。

望田は吐き気を覚え、とっさに口元を押さえた。目を逸《そ》らしたくても、見えない力に引き寄せられるように、望田の視線は生々しい首の切り口に向けられる。

そこで望田は、死体が胸に抱くようにして頭部を持っていることに気付いた。長い黒髪が垂れかかっていて、顔を隠している。それがどんな顔をしているのか確かめる度胸は、さすがになかった。

更に、死体の上に一枚の紙が置かれていることにも気付いた。望田は無意識のうちに手を伸ばして、紙を摘《つ》まみ上げる。

それは和紙で、どす黒い血文字でこう書かれていた。

『鬼は横道などせぬものを』

スーツケースのどこかに入った目覚まし時計が空しく鳴り続ける中で、望田はその言葉の意味をぼんやりと考えた。


同日、同時刻。

上り新幹線『ひかり534号』東京行き。

間もなく新横浜駅へ到着するという辺りで、車掌の黒木《くろき》は十四号車後方の自動ドアの前でふと足を止めた。

最後尾の座席裏のスペースに、赤地に黒の水玉模様という変わった柄のスーツケースが置かれているのだが、中から何かのアラームらしき音が聞こえてきていたのだ。

しばらく足を止め、じっと耳を澄ましていたが、アラーム音が鳴り止《や》むことはなかった。

黒木は車内を振りかえった。座席はがらがらで、七、八名の乗客の姿があるだけだ。

「こちらに荷物を置かれたお客様はいらっしゃいますか?」

呼びかけてみたが、ちらりと振り返った客はいたものの、名乗り出る者はいなかった。

その間も、アラーム音は鳴り続けている。

黒木は何となく不審を抱いた。どこがどうというのではないが、ベテラン車掌としての勘が、念のためスーツケースを改めるべきだと訴えていた。

座席裏のスペースからスーツケースを引き出す。かなりの重量だ。取っ手には赤いスカーフが巻かれていた。

と、ちょうどそのとき、車両は下り新幹線とすれ違った。車両が揺れた拍子にスーツケースがぐらりと傾き、黒木は慌てて押さえた。

揺れが収まったところで、スーツケースをデッキに引き出して、調べてみた。鍵はかかっておらず、黒木は少し考えてから、中身を確かめてみることにする。

スーツケースを横に寝かせて蓋を開けた。途端《とたん》に、吐き気を催すような生臭い臭《にお》いが洩《も》れてきた。

「おいおい、冗談じゃないぞ」

黒木は額に滲《にじ》んだ汗を手の甲で拭《ぬぐ》いながら、スーツケースに入っていた黒いビニールの包みを見つめた。この形はまるで……、と黒木は嫌な想像を広げる。

すっかり腰が引けてしまっていたが、車掌の職務として、中身を確認しないわけにはいかない。そっとビニール袋の結ばれた口を開いていく。

中身を見た瞬間、黒木はすっと血の気が引き、あやうく失神して倒れそうになった。辛《かろ》うじて壁に手を突いて体を支える。

ビニール袋に入っていたのは死体だった。しかも、首を切り離された裸の女だ。女の頭部は、上下が逆になった状態で、首の横に置かれていた。蠟《ろう》のように白い横顔がちらりと見え、黒木は慌てて目を逸らした。

よろよろと立ち上がると、死体に背を向けて、制帽を脱いで一つ深呼吸をする。

逃げ出して助けを求めたいという衝動を覚えたが、強い職務意識に支えられ、黒木はもう一度死体に目をやった。そして、死体の肩の辺りに一枚の紙が載っていることに気付いた。

『鬼は横道などせぬものを』

紙にはそんなメッセージが書かれていた。

上り、下り、それぞれの新幹線でほぼ同時に死体が発見されたという報は、ただちに神奈川県警に伝えられた。

ひかり534号は新横浜駅に停車し、のぞみ431号は小田原《おだわら》駅に緊急停車した。県警は、このあまりに異様な通報内容に、何らかの事実誤認が含まれている可能性を考慮しつつも、それぞれの駅へ警察官を派遣した。そして、車両に乗り込みスーツケースを確認した警察官たちは、通報が紛れもない事実であることを知ったのだった。

各所轄署はただちに本部へ応援を要請して、乗り合わせた客たちの身元確認を行った。両列車の運行は中止となり、巻き込まれた気の毒な乗客たちは途中下車を余儀《よぎ》なくされた。


現場指揮を任された捜査一課の白石《しらいし》警部は、初動捜査が一段落したところで、県警本部に戻った。会議室では捜査一課長の大江《おおえ》警視を始めとした幹部が勢揃《せいぞろ》いして、詳細な続報を待ち受けていた。

「どうなんだ、二つの死体には関連があるとみていいのか?」

大江がさっそく質問を飛ばした。

「両者の死体が発見された状況は極めてよく似ています。これがたまたま同時に発生した別の事件だったとしたら、一億円の宝くじに二回連続で当たるくらいの確率だと思いますね」

「軽口はいい」

幹部の一人が顔をしかめて言ったが、白石は平然と薄笑いを浮かべていた。

大江はそんな白石の態度には慣れっこといった様子で、話を続けた。

「よし、状況を整理してみよう。上りと下りの新幹線が新横浜、小田原駅間ですれ違った際、ほぼ同時に車掌がスーツケースに入った女の死体を発見した、ということだな?」

「そうです。スーツケースの中にはアラームをセットした目覚まし時計が入っており、ちょうど新横浜駅の近くで鳴り始めたようです。それで、車掌が不審に思って中身を確認した結果、死体を発見したわけです」

「つまり、死体が発見されることは、犯人の計算の内だったということか?」

「今のところ、そう解釈してもいいでしょう」

「スーツケースは、もちろん持ち主不明なんだろうな?」

「乗客全てから事情を聞きましたが、少なくとも持ち主だと名乗り出た者はいませんでした」

「乗り合わせた客の中に犯人がいると思うか?」

「それはまだ何とも。どの時点でスーツケースが持ち込まれたのか、確認が取れておりませんのでね。スーツケースを新幹線に乗せた後、犯人は次の駅でとっとと降りてしまったという可能性もあります」

「なるほど……やっかいな状況だな」

「実を言いますとね、事件を更にやっかいな状況に持ち込む報告がありまして」

「何だ?」

「鑑識が死体の簡易血液型検査を行った結果、どちらの死体も、頭部と胴体の血液型が一致しなかったそうなんです」

白石の報告に、幹部たちが一斉にざわめいた。

大江は表情を変えなかったが、ぴくりと震えた眉《まゆ》が、内心の驚きを示していた。

「頭部と胴体が別人のものだっただと? 一体《いったい》なぜそんなことに……」

大江のつぶやきに白石が答えようとしたとき、ふいに携帯電話が鳴り出した。

9月18日　午後9:45

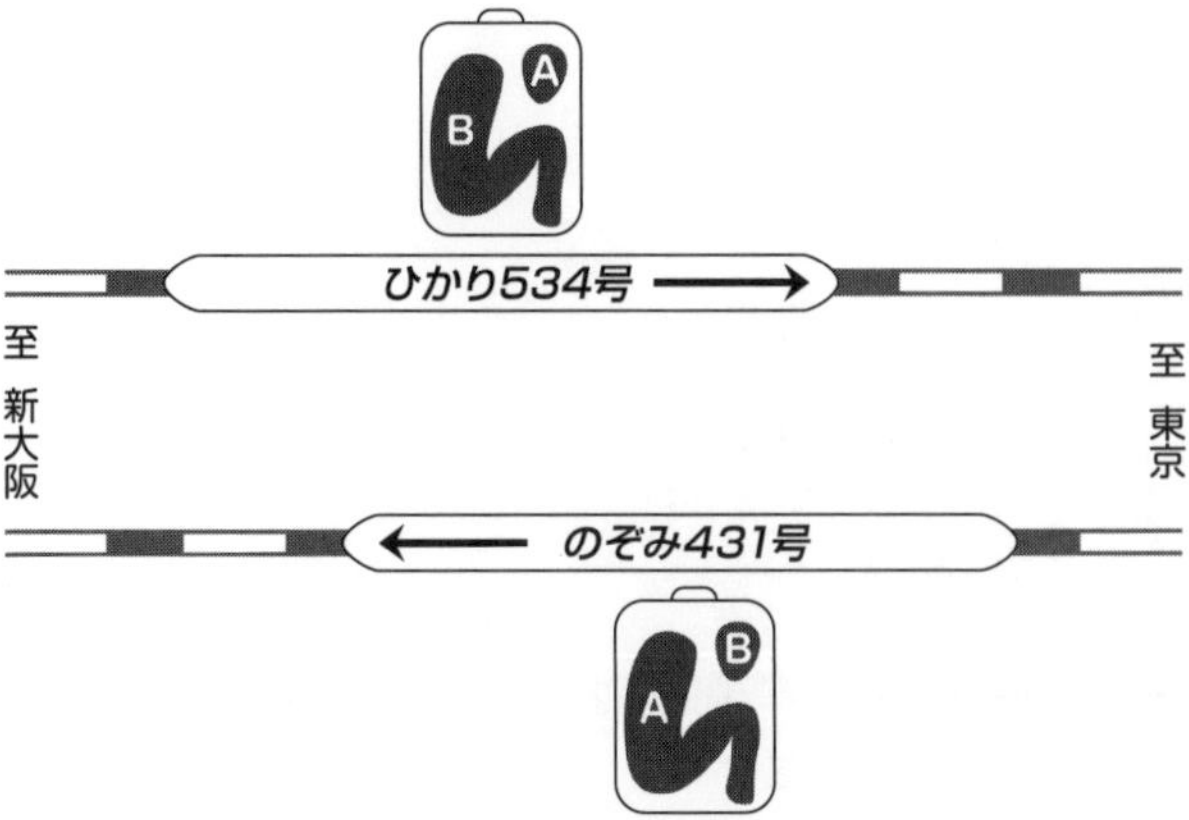


白石は胸ポケットを押さえると、

「ちょっと失礼、監察医からの報告かもしれませんのでね」

と断り、携帯電話を取り出した。

「もしもし、白石だが……そうか、なるほど……やっぱりな。分かった、ご苦労さん」

手短にやり取りを終え、白石は電話を切った。

「何が分かった？」

大江がさっそく尋ねる。

「監察医が確認した結果、二つの死体の頭部が交換されていたことが分かりました」

それを聞き、再び幹部たちが声を洩らす。

「それじゃあ……まるで新幹線がすれ違ったときに、死体の首が入れ替わったみたいじゃないか」

幹部の一人が、呻《うめ》くように言った。

白石はそれに対して何も答えず、険しい表情でテーブルを見つめるだけだった。

# 第一章

## 1

九月十九日、火曜日。

朝倉聡太《あさくらそうた》が目を覚ましたのは、午前十時だった。

枕元に置いてあった携帯電話のアラームを止め、小さく呻きながら時間を確認する。

どうしてこんな早い時間に、と思ってから、この後に待ち合わせの約束があるのを思い出した。同時に、ここは自宅ではなく京都のホテルの一室であることも思い出す。

朝倉はベッドから起き上がると、広い部屋を横切って窓際に行き、カーテンを開いた。

部屋は最上階の十四階にあり、市内の街並みを一望することができた。烈《はげ》しい陽光を屋根瓦《やねがわら》に反射させた寺社が幾つも目に入り、今日も残暑が厳しいことを感じさせた。

浴室に入って手早くシャワーを浴びると、シャツとジーンズに着替えた。待ち合わせは午前十一時にホテルの一階ロビーで、ということになっている。少し迷ったが、朝食は諦《あきら》めて、一階のカフェでコーヒーだけ飲むことにした。元々、寝起きにはコーヒーしか飲まないので、空腹に悩まされることもないだろう。

カフェに入ってテーブル席に座り、行儀のいいウェイターにコーヒーを注文してから、待ち合わせ相手のことを考えた。

相手は長谷川百合《はせがわゆり》という名の女性で、京都市内の出版社「四条《しじょう》通信社」に勤める編集者だった。いや、編集業務だけでなく、記者もカメラマンも、一通りこなすそうだ。百合について分かっているのはそれだけで、年齢や容姿については適当に想像するしかなかった。

やがて、コーヒーを飲み干したところで、約束の午前十一時になった。朝倉はカフェを出て高い吹き抜けのロビーに向かった。

ロビーに並んだテーブルとソファは、半分ほどが埋まっていた。ざっと見回してみても、編集者らしい姿は見当たらない。携帯電話もチェックしたが、遅れるという連絡も入っていなかった。

まあいいさ、と朝倉は隅の席に座って相手が現れるのを待つことにした。朝倉自身も待ち合わせに遅刻することが多いし、担当の編集者もわりに時間にルーズな人間が多い。五分十分の遅刻で苛立《いらだ》つこともなかった。相手方が朝倉の顔を知っているとのことなので、のんびり待っていればいい。

背もたれに体を預けてだらしなく座り、ぼんやりと高い吹き抜けの天井を見上げていると、ふいに傍《かたわ》らに誰かがやってきた。

「あの、国見綺十郎《くにみきじゅうろう》先生でいらっしゃいますか?」

しっとりとした女性の声が、遠慮がちに尋ねてくる。

「あ、はい、国見です」

朝倉は慌てて体を起こした。国見というのは朝倉のペンネームだ。

「初めまして、私、四条通信社の長谷川と申します」

「はあ、どうも……」

思わず朝倉がぼーっと百合を見つめてしまったのは、彼女が想像していたのとあまりに違っていたからだ。

百合は二十代半ばくらいだろうか、ライトグレーのスーツを涼しげに着こなし、黒い艶《つや》やかな髪を肩まで伸ばしていた。肌は透き通るような白さで、体はほっそりと引き締まっている。そして何より、繊細に整った美しい顔立ちが、朝倉の目を惹《ひ》きつけていた。

先ほど、彼女がロビーのテーブルの一つに座っていたのは目にしていたが、まさかこの人が記者もカメラマンもこなす編集者だとは思わなかったのだ。

「あの、先生……?」

「ああ、済みません。今日はどうぞよろしくお願いします」

「こちらこそよろしくお願いいたします」

百合は改めて朝倉に名刺を差し出してから、テーブルを挟んだ向かいの席に腰を下ろした。

「あいにく編集長の戸沼《とぬま》は都合がつかず、挨拶《あいさつ》に来られなくて申し訳ありません。先日、国見先生よりご寄稿いただいたエッセイについて、くれぐれも御礼申し上げるよう言付かって参りました」

「いえいえ、あれくらいのエッセイ、お礼を言われるほどのことでは。それと、長谷川さん、そこまで丁重な態度を取っていただかなくて結構ですよ。しょせん僕は新人作家の一人に過ぎないんですから」

「いえ、そんな、先生の御本は、デビュー作からして大ベストセラーになりましたし……」

「本が売れる売れないは運次第で、内容とは無関係ですよ。とにかく、そんなにかしこまられてしまうと、僕もやりにくいんです。それとも、僕の方でも、ご多忙きわまる編集者様に京都をご案内いただけるとは恐悦至極に存じます、というふうにやりましょうか?」

朝倉が冗談めかして言うと、百合はくすっと笑った。それで、緊張で硬くなっていた頬《ほお》が少し柔らかくなる。

「済みません、あの国見先生にお会いするかと思うと、昨日から緊張でなかなか寝付けなかったくらいでして」

「会ってみれば、冴《さ》えないごく平凡な男だと分かったでしょう。それと、もう一つお願いなんですが、国見先生とは言わず、朝倉と本名で呼んでいただけませんか？　付き合いのある編集者さんたちには、いつもそうしてもらっているので」

「分かりました。朝倉さん、ですね」

まだ遠慮の残った口調で、百合は言った。

それからしばらく、今日の予定について打ち合わせるうちに、百合も自然な表情を見せるようになっていった。楽しげな笑みを浮かべると、百合の顔はますます美しく見える。

これでやっと打ち解けて話ができそうだと、朝倉は内心でほっとしていた。初対面の相手、特に出版関係者が、国見綺十郎のネームバリューのせいでがちがちに身構えてしまうのは、よくあることだった。


朝倉がミステリー作家としてデビューしたのは、今から五年前、二十七歳のときだった。応募した長編ミステリー『赤と黒の航路』が新人賞を受賞して、デビューを果たすことができたのは、朝倉にとってまさに望み通りの結果だった。だが、そのデビュー作が百万部を超えるベストセラーとなり、国見綺十郎が一躍国民的人気作家の仲間入りをしてしまったのは、望外の結果というか、そんな馬鹿なと自分でも困惑するような現象だった。

その後、『赤と黒の航路』は映画化されることになり、これもたちまち興行成績一位に躍り出る大ヒットとなった。お陰で、朝倉は各メディアで引っ張りだことなり、テレビ、ラジオ、新聞、雑誌と、取り上げられない日はないほどだった。

初めのうちは、出版関係者への遠慮もあり、取材依頼を断ることもなく朝から晩まで目が回るように忙しい日々を送った。だが、三ヵ月も過ぎる頃には、執筆時間すら確保できないほどの状況に疑問を抱き、全てのメディアへの露出に嫌気が差してきた。

そして、とあるバラエティ番組の収録で、夕方から翌朝まで計十二時間も拘束されたことで、ついに我慢も限界に達した。

朝倉はいきなり関係者との連絡を一切断ち、半ば失踪《しっそう》する形で、全国を放浪するようになったのだった。

放浪生活は半年ほどに及んだだろうか。時折、実家に連絡を入れ、それで朝倉が無事であることは出版関係者にも伝わっていた。担当編集者たちに多大な迷惑をかけていることは自覚していたが、それでも生理的な嫌悪感が先に立って、元の生活に戻る気にはなれなかった。

朝倉がようやく作家として復帰する気になったのは、瀬戸内海《せとないかい》の小島で目にした、ある美しい光景がきっかけだった。その光景を目にした瞬間に受けた感動が、新作への猛烈な創作意欲を掻《か》き立てた。そして、朝倉は小島の民宿に丸々二ヵ月間居続け、第二長編である『黄昏色《たそがれ》の潮流』を一気に書き上げたのだった。

突如東京に戻り、連絡を寄越《よこ》してきた朝倉のことを、担当編集者は怒りに引きつった顔で迎えた。だが、朝倉が第二長編の原稿を携えてきたと知るやいなや、編集者は満面の笑みを浮かべることになった。

こうしてデビューから一年半ぶりに出版された『黄昏色の潮流』は、これまたベストセラーランキングの一位に長く君臨することになった。

前回の失踪騒ぎで懲りたのか、出版社も朝倉にメディアでの宣伝を強いることはなく、逆に取材に対する防波堤となって、世間の騒ぎから距離を置かせてくれた。

こうして朝倉は静かに執筆に集中できる環境を手に入れた。だが、しばらくすると、また新たな悩みが生まれてきた。それは、全国的ベストセラー作家である国見綺十郎と、生身の朝倉聡太とのギャップだった。

元々、朝倉は大勢の読者に向けて作品を書いているつもりはなかった。ミステリー愛好家に向けたこだわりの作品を書いたつもりで、熱心なファンが五千人ほどもついてくれればありがたいと思っていたのだ。

ある文芸誌に、珍しく国見作品に批判的な評論が掲載されたことがある。その評論家によれば、国見綺十郎の作品は本質的には手堅い本格ミステリーであり、本来ならば一般読者に大々的に受け入れられるような種類のものではない、というのだ。それが、なぜこれほどに売れたのかといえば、ちょうどその年に出版された他のミステリーが軒並み低調だったのと、出版社の宣伝戦略が巧みで上手《うま》く各メディアを巻き込めたからだ、とまとめていた。要するに、本は売れたが中身は大したことがない、と言っているようなものだった。

その評論を見た編集者たちは青ざめ、恐る恐る朝倉に連絡を取って機嫌を窺《うかが》ってきた。だが、朝倉としては、それを読んで腹を立てるどころか、大いに納得して膝《ひざ》を叩《たた》いたものだった。

ただ、自作の売れ行きについて納得できたからといって、ギャップが解消されるわけでもない。二作続けての大ヒットの後では、マニア向けのこぢんまりとした本格ミステリーを書くわけにはいかず、かといって意図的に大衆に媚《こ》びた作品を狙《ねら》うのも気が進まなかった。何より、そんな創作の本質から外れた部分で悩みを抱えていては、まともな作品など生み出せるはずもなかった。

その結果、二作目が刊行されてから既に三年半が経過しているにもかかわらず、未《いま》だに三作目に取りかかることさえできずにいるのだった。

過去の二作が生み出してくれた利益は膨大で、現在でも文庫本がコンスタントに売れていることもあり、朝倉は仕事をしなくても生活に困ることはなかった。しかし、このまま幻の作家として消えていく気はない。

今の朝倉が切望しているのは、過去二作を執筆しているときに感じた創作衝動だった。小賢《こざか》しい計算など入り込む余地《よち》のない、ただひたすら小説を書き綴《つづ》っていく情熱だ。そのために必要なのは、自分の心を激しく揺り動かしてくれる何かだった。二作目を書くきっかけを与えてくれたのは瀬戸内海の小島の美しい光景だったが、デビュー作のときも、とある美術館で目にした一枚の絵が、激しく創作意欲を掻きたてる感動を生んでくれていた。

同じようなきっかけがあれば、つまらない悩みなど吹き飛ばして、一気に三作目も書き上げることができるのではないか。そんな期待を抱いて、朝倉は少しでも興味を惹かれ、自分に刺激を与えてくれそうなもののことを知ると、日本全国どこへでも出向くようにしていた。幻の鳥を一目見るために、北海道の原野でテントを張って五日間を過ごしたこともあれば、厳重な審査をパスして都内の地下クラブで前代未聞の見世物を観覧したこともある。あるいは、未解決の連続殺人事件の現場を実際に歩いて回ったこともあった。だが、残念ながら、そういった数々の経験は、大いに刺激的ではあったものの、創作意欲に火を点《つ》けてくれるほどではなかった。

今回、京都を訪れたのは、古都の街並みが思いがけない感動を与えてくれるのではないか、と期待してのことだった。これまで、金閣寺《きんかくじ》、二条城《にじょうじょう》、清水寺《きよみずでら》といった観光地を一通り巡ったことはあった。しかし、京都の奥深さを味わうような経験はまだしたことがない。

四条通信社の戸沼が案内を申し出てくれたとき、朝倉は一度は断っていた。たかが雑誌にエッセイを一本寄稿しただけで、過剰に気を遣ってもらうのは申し訳ない気がしたからだ。しかし、京都の古い街並み、ことに祇園《ぎおん》について詳しい者がいるからと熱心に勧められて、最後にはお願いすることにしたのだった。

「では、そろそろ参りましょうか」

朝倉の要望を一通り聞き終えると、百合はそう言って席を立ち、

「どうしましょう、ここから祇園までは少し距離がありますが、タクシーに乗られますか?」

「いいえ、長谷川さんさえよければ、歩いていきたいのですが」

「それはもちろん、構いませんが……」

「では、そういうことで」

ホテルから一歩外に出ると、途端に息苦しいような暑さに包まれた。朝倉は、やはりタクシーにすれば良かったか、と一瞬思った。だが、せっかくの機会だから、予定通りに賑《にぎ》やかな通りを歩いて見物することにした。

四条通は多くの車が行き交い、歩道には買い物客が溢《あふ》れていた。通りの左右には大きなデパートが建ち並んで、一見すると東京の銀座《ぎんざ》などと変わりない都会に見えた。しかし、一直線に延びた通りのずっと向こうには、目に眩しい深緑の山があり、それが独特の景観を作り出している気がした。

少し歩いただけで、たちまち汗が吹き出してきて、朝倉はハンカチで首筋を拭った。しかし、隣を歩く百合は涼しげな顔をしたまま汗一つかいていない様子だった。

四条大橋を渡り、更に東へ進んでいくと、前方に大きな神社の門と石段が見えてきた。

「あれが八坂《やさか》神社です」

百合が教えてくれる。

「なるほど。ということは、祇園はもうすぐですね」

「はい。まずは花見小路《はなみこうじ》へ入ってみましょう」

少し歩いたところで、百合は通りを右に折れて石畳の道へ入っていった。

左右に茶屋らしい風情のある建物が並んだ道で、カメラを構えた外国人観光客の姿が目立った。

「この辺りにいらっしゃったことは？」

百合が尋ねてきた。

「たぶん、一度くらい来たような覚えはあります。ただ、ちょっと歩いただけですぐに引き上げましたが」

「では、もうちょっと奥まで行ってみましょう」

百合は寺の横の道を奥へ進み、その先の入り組んだ路地をすいすいと抜けていく。ひたすらその後を追うだけの朝倉は、あっという間に方向感覚を失ってしまった。

やがて、こぢんまりとした二階家が並ぶ道に出た。どの家も古いが手入れが行き届いた様子で、二階の窓にはすだれを垂らし、一階の格子の前には鉢植えを並べていたりする。辺りはひっそりと静まり返り、路上にはほとんど人影がなかった。

「この辺りには屋形《やかた》が多いんです」

「屋形というと……」

「いわゆる置屋《おきや》さんのことですね」

「ああ、なるほど。芸妓《げいこ》さんや舞妓《まいこ》さんが普段暮らしてる家のことですよね？」

朝倉は花街《かがい》に関する乏しい知識を掘り返しながら言った。

「そうです。屋形は一軒一軒が一種の芸能事務所のようなもので、所属している芸舞妓をお座敷に派遣するんです」

「なるほど」

「もう少し行った先には、今度はお茶屋が並んでいますので」

そう言いながら百合が角を曲がろうとしたとき、ばったりと少女と出くわした。

「あ、長谷川のおねえさん。こんにちは」

少女はそう言って、ぺこりと頭を下げた。十五、六歳くらいだろうか、ほっそりとした体付きで、地味なシャツにジーンズという姿だ。手には風呂敷包みを抱えていた。

「こんにちは。お使い？」

「へえ。お稽古場《けいこば》のおねえさんに、忘れ物を届けに」

「そうなんだ。ご苦労様」

「ほな、ごめんやす」

少女はもう一度頭を下げてから、小走りに去っていった。

「あの子は、お知り合いですか？」

朝倉は少女の後ろ姿を目で追いながら尋ねた。

「ええ。私には、親しくさせてもらっている屋形のおかあさんがいるんですけど、そこで預かっている仕込みさんなんです」

「仕込みさん？」

「舞妓になるために修業している子たちのことです」

「そうか、舞妓さんになるまでにも、色々と大変なんですね」

「ええ、昔ほどでないにしても、厳しく辛《つら》いことも多いと思います。炊事や洗濯、掃除をしながらお稽古ごとに通わなければいけませんし、挨拶一つとっても厳しく躾《しつ》けられますしね。中途半端な気持ちではとてもやっていけないと思います」

百合はやけに実感の籠《こ》もった口調で言った。

「戸沼さんが仰《おっしゃ》っていたとおり、長谷川さんは随分《ずいぶん》と祇園にお詳しいようですね」

「実を言うと、私、二十歳の頃まで舞妓をやっていたんです」

「本当ですか?」

意外な話に、朝倉はまじまじと百合を見つめてしまった。

「ええ。元々は新潟の出身なんですが、中学を卒業した後、インターネットで舞妓を募集しているのを見て、思い切ってこちらの世界に飛び込んでみたんです」

百合は少し照れたように笑って言った。

「へえ、そうだったんですか……」

言われてみれば、百合の物腰の端々に優雅さを感じるのは、そのせいだったのかと納得がいった。

「しかし、せっかく頑張って舞妓さんになったのに、どうしてまた出版社に転職を?」

「舞妓になって四、五年が経ち、二十歳を過ぎてくると、芸妓になってこの道を続けていくか、それとも廃業して花街を離れるか、選択しなければならないときが来るんです。私も、祇園に残りたいという気持ちは強かったんですが、もっと別の広い世界を見てみたいという気持ちもあって、散々《さんざん》悩んだ末に、辞めさせてもらうことにしたんです」

「なるほど、そういうものなんですね」

「熱心に引き止めてくださった屋形のおかあさんには申し訳なかったんですが、それでも、私が決断した後は気持ちよく見送ってくださって。それで、今でも親しくお付き合いをさせていただいているんです」

そう語る百合の横顔は、何のわだかまりもないように見えた。

それから、祇園界隈《かいわい》を一時間半ほども散策した後、二人は昼食を取ることにした。

百合が案内してくれたのは、鴨川《かもがわ》沿いにある蕎麦《そば》屋だった。この暑さに少しぐったりとした朝倉が、何かさっぱりしたものが食べたいと頼み、それに応じて選んでくれた店だった。

朝倉が注文したのは、ミョウガとすだちがたっぷり載った冷やし蕎麦だった。一口啜《すす》ってみると、すだちの酸味が体に籠もった熱をさっぱりと払ってくれるような気がした。遅れて濃厚な出汁《だし》の風味が口内に広がる。

「これは美味《おい》しいですね」

「気に入っていただけてよかったです」

百合は微笑《ほほえ》んで応じてから、

「でも、朝倉さん、本当にこんなのでいいんでしょうか?」

「というと?」

「何だか、ずっと街をうろうろしていただけのような気がして、もっと気が利いた場所へご案内するべきなんじゃないかと思いまして」

「いえいえ、とんでもない。これこそ僕が望んでいたとおりの京都案内ですよ。人々の暮らしの気配が伝わってくる場所を歩いてこそ、京都の本当の素顔を感じられるような気がするんです。もちろん、お客をもてなすためにきれいに着飾った夜の顔も魅力的ではありますが」

「でしたら、今日のところは路地裏巡りを続けて、明日の夜にお茶屋に行ってみるというのはいかがですか?」

「お茶屋、ですか」

「朝倉さんは、これまでお座敷遊びの経験は?」

「一度もないですね。浅草《あさくさ》や向島《むこうじま》辺りで招待を受けたことはあるんですが、ああいう場所での接待となると、大体は出版社や映画会社なんかの重役さんと同席することになりますから。楽しむどころか肩が凝るだけと思って、辞退させてもらったんです」

「では、お座敷遊び自体が嫌というわけではないんですね?」

「ええ、それはもちろんです。長谷川さんが案内してくださるなら、喜んで経験させてもらいますよ」

「良かった」

百合はほっとした様子を見せる。

「ただ、一つだけ条件があります」

「何でしょう?」

「お座敷での支払いは、全部僕の方へ回してください。四条通信社さんの経費で遊ぶとなると、素直に楽しめませんからね」

「え、でも、それは……」

「社用での案内は今日だけで、明日はプライベートでお付き合いしてもらう、という形にしてもらえませんか?」

朝倉の提案に、百合はまだ迷う素振《そぶ》りを見せていたが、やがて決心したように頷《うなず》いた。

「分かりました。では、明日はプライベートでご一緒させてもらう、ということで」

「済みません、わがままを言って」

「いえいえ。それじゃあ、今のうちに知り合いのお茶屋さんに連絡をしておきますね」

百合はさっと蕎麦を食べ終え、携帯と手帳を持って席を離れた。その辺りのきびきびした振る舞いは、いかにも出版社の編集者らしく思えた。

朝倉も冷やし蕎麦を食べ終えると、ぼんやりと店内に視線を巡らせた。隣の席では、六十代くらいの和服姿の男が、せいろ蕎麦にのった鱧《はも》をちびちび摘まみながら、冷酒を飲んでいた。

と、そこで、朝倉の目は男が手にした新聞に引きつけられた。男は新聞を折って読んでいたのだが、朝倉に向けられた面に、興味深い見出しが躍っていたのだ。

「新幹線内で死体見つかる」「上り下りの車内で一体ずつ」「すれ違った際に頭部入れ替え?」

朝倉は思わず身を乗り出して、記事を食い入るように見つめた。

「……あんた、この記事が読みたいんでっか」

「え？」

声をかけられ、朝倉が記事から顔を上げると、迷惑そうな顔をした男と目が合った。

「あ、済みません、つい……」

「わしはもう読み終わりましたから、良かったらどうぞ」

親切なのか、それとも妙な人間に関わりたくないと思ったのか、男はすっと新聞を差し出してくれた。

「ありがとうございます」

朝倉は丁寧に礼を言って受け取り、新聞を広げて改めて記事を読み始めた。

記事によれば、新幹線車内で死体が発見されたのは、昨日午後九時五十分頃だったという。下り新幹線のぞみ431号と上り新幹線ひかり534号のそれぞれで、スーツケースに女の死体が入っているのを車掌が発見していた。それだけでも特異な事件だが、更に異常だったのは、死体の頭部が切り離され、両者の間で入れ替えられていたことだった。

記事を読み終えた朝倉は、近年にないほど興奮していた。

読者としてもミステリーを愛好している朝倉からすれば、猟奇殺人の話などは聞き慣れたものだ。しかし、現実にこれほど凄《すさ》まじい事件が起きたとなれば、話は全く別だ。被害者は誰なのか、犯人はなぜこのようなことをしでかしたのか、もっと詳しく知りたいという欲求が込み上げてくる。これが創作意欲に繋《つな》がるものかどうかは分からないが、朝倉にとってこの事件は、決して見過ごすことができない大きな刺激であるのは確かだった。

「あの、先生、お座敷での食事のことなんですが……」

テーブルへ戻ってきた百合がそう尋ねてきたが、朝倉はもうお茶屋どころではなかった。

「それよりも、長谷川さん、この事件のことをご存知ですか?」

朝倉が勢い込んで新聞を渡すと、百合は怪訝《けげん》そうに記事に目をやった。

「……ああ、この事件でしたら、朝のラジオニュースでちらりと聞いたような」

「この事件のこと、たとえば長谷川さんの会社の方で、詳しい情報を仕入れることはできませんかね?」

「え、それは……」

百合は少し困ったように首を傾げたが、すぐに、

「月刊誌の編集部の方に、事件関係に詳しい者がおりますので、問い合わせてみます」

「済みません、よろしくお願いします」

「ええと、それで、お茶屋の方は……」

「あっ……申し訳ないんですが、今回はキャンセルということで」

「分かりました、伝えておきます」

内心では呆《あき》れていたかもしれないが、百合は嫌な顔一つせずに承知してくれた。

百合は再び席を外し、十分ほどで戻ってきた。

「警察がマスコミ向けに発表した内容でよければ、詳しいことが分かるそうです」

「ええ、それで充分です」

「では、当社までご足労願えますか?」

「よろしくお願いします」

二人は店を出ると、通りでタクシーを拾い、北白《きたしら》川《かわ》にあるという四条通信社に向かうことにした。

車内では、朝倉は込み上げてくる興奮と好奇心を自分でもやや持て余しながら、何度も新聞記事に目を通していた。

## 2

特別捜査本部は事件の重大性及び特異性から、神奈川県警本部庁舎内に設置されることになった。また、事件は「新幹線同時死体遺棄事件」と命名された。

第一回目の捜査会議が終了し、捜査員たちが慌ただしく会議室を出た後も、引き続き現場の指揮を担当することになった白石警部は席に座ったまま、これまで上げられてきた情報を入念に確認していた。

まず、発見された二つの死体だが、いずれも二十代から三十代の女性であることが判明していた。現時点ではどちらも身元が不明だ。死因は窒息死で他に外傷はなく、頭部は死後に切断されていた。切断に用いられたのは鋭利な刃物で、それほど巧みな刃さばきではない、と所見には書かれている。

最も重要な情報の一つである死亡推定時刻は、九月十八日の午後二時から午後三時の間となっていた。

また、死体に添えられていた謎のメッセージは、どちらも死体の血で書かれていることが確認されている。ちなみに、この謎のメッセージについては、世間に無用な興味を与えて騒ぎを起こさせないよう、報道各社に規制を敷いていた。

分厚い報告書に目を通すうち、白石は頭痛を覚え始めた。ちらりと腕時計に目をやると、もう昼前になっていた。昨夜から一睡もしておらず、これからも当分は横になる暇はなさそうだ。白石は今年で四十八歳になった。数日の徹夜ではびくともしない、という年齢はとうに超えていた。

それに、頭痛の原因は疲労だけではなかった。これまでにも数々の難事件にぶつかってきた白石だったが、今回ほど不可解なヤマは初めてだった。どれだけ捜査情報を見直しても、未だに事件全体の輪郭を摑《つか》むことさえできずにいる。一体犯人は何の目的でこんな面倒なことをしたのか、それを考えるだけで頭痛がひどくなる気がした。

　白石は報告書をテーブルの上に放り、席から立ち上がった。

「あの、どちらへ？」

　本部詰めの連絡係である女性警官が声をかけてくる。

「コーヒーを飲みたくなってな」

「それでしたら、私が」

「いいんだ。少しは足腰を動かさないと、よけいに辛くなってくる」

　白石はひらひらと手を振って応じ、会議室を出ようとした。

　と、そこで、慌ただしく部屋に飛び込んできた男がいた。警部補の利根川《とねがわ》だ。

「どうした、何か摑めたのか？」

「はい。スーツケースを車両に運び込んだ男の姿が、デッキに設置した防犯カメラ映像でしっかり確認できました」

「本当か？」

　思わぬ朗報に、白石は疲労が吹き飛ぶのを感じた。

「鉄道会社に頼んで映像をプリントしてもらいました。こちらです」

　利根川は手にしたファイルを開いて、二枚の紙を差し出してきた。防犯カメラの映像であるせいか、そこにはややぼやけた画像が印刷されていた。

「……なるほど、確かにあのスーツケースのようだな」

　白石は食い入るように画像を見つめながら言った。

　紙の右肩にはそれぞれ、のぞみ431号、ひかり

2名の容疑者の動向

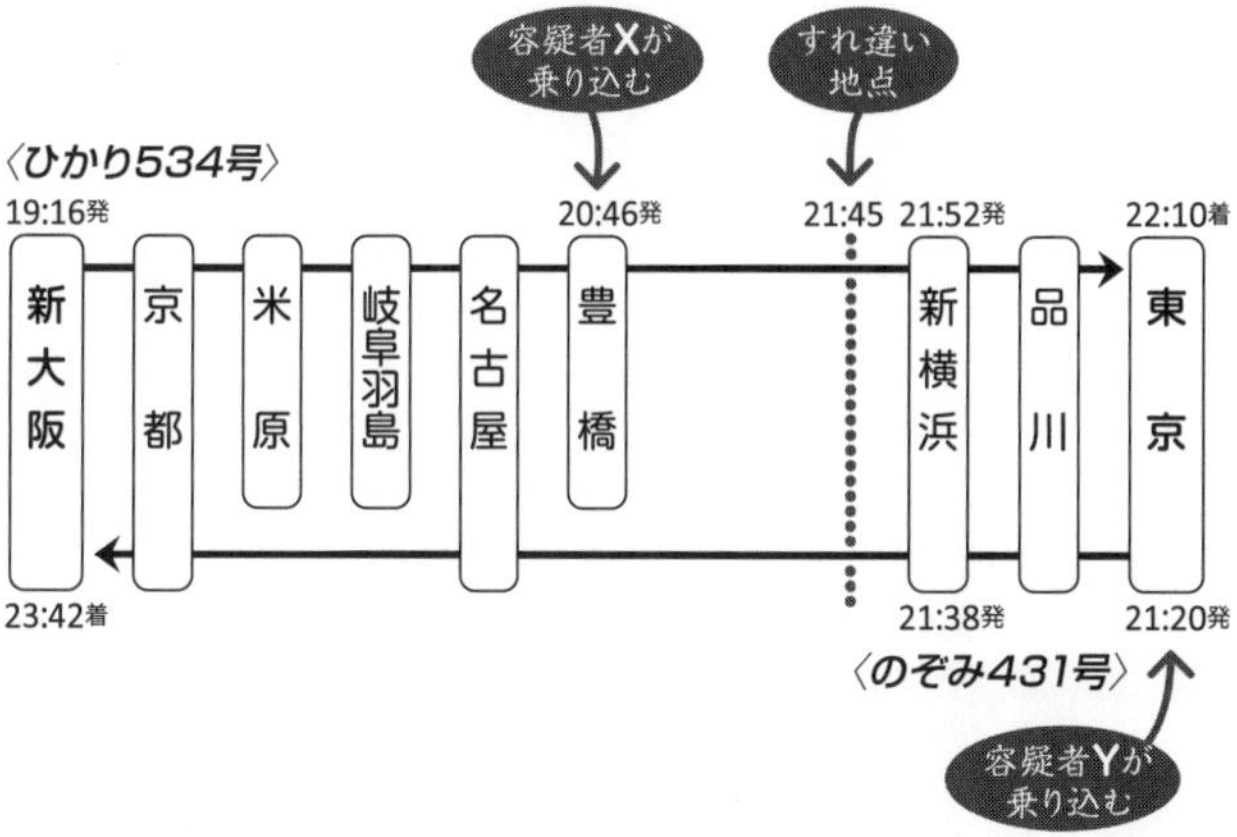


534号と鉛筆で書き込まれている。どちらも車両の乗降口を正面から写したものだった。のぞみの方には茶色地に白の水玉模様のスーツケースを押す男の姿、ひかりの方には赤地に黒の水玉模様のスーツケースを引く男の姿が写っている。どちらのスーツケースの取っ手にも、赤いスカーフが巻かれているのがはっきり分かった。

「これはどこで撮影されたものだ?」

「のぞみ431号の方は東京駅から出発する直前、ひかり534号の方は豊橋《とよはし》駅で撮影されたものです」

「つまり、こいつらは、それぞれ東京駅と豊橋駅で新幹線に乗り込んだということだな?」

「はい」

「どちらも十四号車の映像か?」

「いえ、のぞみ431号の方は十二号車で、ひかり534号の方は十一号車の映像です。犯人は別の車両から新幹線に乗り込み、十四号車までスーツケースを運んだことになりますね」

「二人とも、やけに似てやがるな」

白石は率直な感想を洩らした。

どちらの男も、ぱっと見では四十歳前後で、中肉中背だった。更に、二人とも紺色のスーツにノーネクタイという、ありふれた出張帰りのサラリーマン風の格好だった。画像の粗さではっきり確認はできないが、顔立ちもかなり似通っているように思える。

「この二人が同一人物という可能性は?」

「それはあり得ませんね。のぞみ431号は午後九時二十分に東京駅発ですが、ひかり534号は豊橋駅を午後八時四十六分に発車して午後十時十分に東京駅に到着します。一人の人間が両方に映るというのは不可能です」

「なるほど……それで、こいつらはスーツケースを新幹線に残して下車したというわけか」

「いえ、のぞみ431号の男は、品川《しながわ》駅か新横浜駅で下車した可能性はありますが、ひかり534号の場合、豊橋駅を出た後は新横浜駅までノンストップですから、死体が発見された時点で男が車両に残っていたのは確実です」

「では、身元確認はしているということになるな」

初動捜査で、停車した新幹線に乗り込んだ警察官が全乗客の身元確認を行っていた。

これは犯人特定のための大きな手がかりと言えるが、同時に、ひどくやっかいな作業を背負い込んだことも意味していた。

当日のひかり534号は、休日の遅い時間帯ということもあり、かなり空席が目立っていた。それでも身元確認のリストには四百を超える名前が並んでいた。女性客や、極端に年齢が離れた客は除外できるにしても、三百人近くがチェック対象となるのではないか。更に、新幹線の乗客ということで、それぞれの住所はかなり広範囲にわたっていたはずだ。また、犯人が本当の身分を明かしていたとは思えない。こうした事態に備えて、偽の身分証明書を用意していた可能性もあった。

一人一人の乗客の身元を改めて確認して回るとなると、本部が抱えた捜査員の大半を注《つ》ぎ込まなければならなくなるだろう。そうなれば、他の方面の捜査は著しく停滞することになる。現時点では、まず被害者の身元確認を最優先にする方針だが、そちらとの兼ね合いが難しそうだ。

この手がかりは、捜査本部が全力を傾けるほど価値のあるものなのか。初期段階で捜査方針に大きな誤りがあれば、事件はたちまち迷宮入りしそうな予感があった。

「……ともかく、容疑者が東京駅、豊橋駅で乗り込んだのだけは確かだ。警視庁、愛知県警に協力を要請して、駅での目撃情報を探してもらうとしよう」

他県に協力要請をするとなれば、調整でまたひと騒動となるだろうが、そこは課長の大江と県警本部のお偉方によろしくお願いする他ない。

「課長はまだその辺にいるはずだ。探して呼んできてくれ」

「分かりました」

利根川は慌ただしく会議室を飛び出していった。

白石は手近な席に座ると、改めて印刷された画像を見つめた。

お前ら、大の男が二人揃って、何のためにこんな馬鹿げた騒ぎを起こしたんだ。白石は胸の内で、男たちに語りかける。

しばらくして、利根川に案内されて大江がやってきた。

「容疑者が映った映像があったそうだな」

「ええ、東京駅、豊橋駅で撮影されたものです。それで、警視庁と愛知県警への捜査協力なんですが……」

「その前に、新たに判明した事実を上の連中に説明してくれないか。捜査に進展があったと分かれば、喜んで我々に力を貸してくれるだろう」

「……分かりました」

お偉方を前にしての報告など、考えるだけでもうんざりだが、張り切って動いてもらうためなら仕方がない。

白石は大江に連れられて県警本部長室に向かった。

部屋では本部長を中心として、刑事部長、監察官室長といった県警の最高幹部たちが顔を揃えていた。彼らとしても、全国を騒然とさせているこの事件について、現場に任せっきりでは不安なのだろう。

部屋に入った後、大江は末席に腰を下ろしたが、白石は立ったまま幹部たちと向かい合うことになった。

「それで、捜査はどのように進展したのかね？」

まず、本部長が直々《じきじき》に問うてきた。神経質そうな目でじっと白石を見据えている。

は、と白石は姿勢を正し、捜査報告書の中でも重要な箇所を掻い摘まんで説明した。

「つまり、今回の事件は複数犯によるものだというわけだな？」

最後まで説明が終わるのも待たず、刑事部長が尋ねてくる。

「ええ、現時点ではそのように判断してもよろしいかと」

「二人の男たちは、それぞれ女の死体をスーツケースに詰め込み、東京駅と豊橋駅から乗り込んだ、ということだな？」

「はい」

「ならば、切断した首のすげ替えは、どの時点で行われたのだね？　まさか、一部のメディアが書き立てているように、新幹線がすれ違った瞬間に入れ替わった、などと本気で考えているわけじゃあるまい？」

「それは……」

白石は答えに窮した。現時点では、それに答えられるだけの材料が手元になかった。

「……被害者の死亡推定時刻は、ともに十八日の午後二時から三時までとなっておりますので、その時間から新幹線のそれぞれの発車時刻である午後九時二十分と午後八時四十六分の間に行われた、としか」

「それでは答えになっていないよ。そもそも、犯人は何のためにそんな工作をしたのか、というのも疑問だね」

刑事部長は、まるで部下の失態を咎《とが》めるかのように、かさにかかって問い詰めてくる。

だったらご自分でも少しは考えてみたらどうです、と皮肉りたくなるのをぐっと堪《こら》え、白石は刑事部長を睨《にら》み付けた。

白石の不穏な気配を感じ取ったのか、大江が急いで口を挟んできた。

「現時点でいい加減な憶測を振り回しても、かえって捜査を混乱させるだけです。不可解な点はひとまず棚上げして、着実に犯人の足取りを追うのが捜査の常道でしょう」

「ま、それも一つの見解かもしれんがね」

刑事部長は寛容さをアピールするような口振りで、引き下がった。

「白石くん、今後の捜査の方針は？」

大江が改めて尋ねてくる。そのたしなめるような視線に、白石も冷静さを取り戻した。

「まずは、被害者の身元確認を最優先としたいと思います。更に、新横浜での停車時に車両には容疑者が乗っていたと思われますので、乗客の身元を改めて確認していくつもりです。また、死体が入れられていたスーツケースに関しても、販売元に問い合わせて流通先を確認させております。それに加え、警視庁と愛知県警にも協力を要請し、東京駅、豊橋駅で目撃情報を探せれば、と思っておりますが」

「……いかがでしょう?」

大江が探るように本部長を見る。

「いいだろう。協力要請の方は我々に任せたまえ」

本部長があっさり言うのを聞いて、白石は内心でほっとした。

「ところで、死体には謎のメッセージが添えられていたと聞いたが」

ふいに、警務部長が脇から言った。

「はい、それは事実です。しかし、単なる攪乱《かくらん》工作の可能性もありますし、犯人特定に直結する情報とも思えませんので、当面は留保しておきたいと考えております」

白石の答えに、

「なるほど、分かった」

と警務部長は納得した様子で頷いた。

「では、この後に記者会見も控えておりますので、我々も改めて打ち合わせをいたしましょう……白石くん、下がっていい」

大江の言葉に、白石は深く一礼してから、本部長室を後にした。

会議室に戻ると、利根川の他に、直属の部下が数人待機していた。全員、気合いの入った表情を白石に向ける。

「よし、人員配置を練り直すぞ」

そう告げて、白石は椅子《いす》にどかりと腰を下ろした。

## 3

四条通信社は社員百五十名の出版社で、月刊誌「Ｔｅｒｒａ《テラ》」を中心として、京文化に関連した様々な書籍を刊行していた。五階建ての本社ビルは、左京《さきょう》区北白川にある。

朝倉はその本社ビルの一角にある応接室で、「新幹線同時死体遺棄事件」に関する警察発表の資料を読み込んでいた。

そこに書かれていた内容は、ほとんどは既に新聞等で報道されたものだったが、それでも幾つか初見の情報も含まれていた。

その一つは被害者の死亡推定時刻で、他にも、死体が発見された新幹線の列車番号や、スーツケースが発見された際の詳しい状況など、事件捜査の鍵となりそうなものばかりだった。

中でも、報道規制の対象となっている、死体に添えられたメッセージというのが、強く朝倉の関心を引いた。それは死体に添えられた和紙に血文字で書かれていたそうで「鬼は横道などせぬものを」という一文だったらしい。

その言葉が何から引用されたものなのか、朝倉はすぐに気付いた。これは酒呑童子《しゅてんどうじ》の最期《さいご》の台詞《せりふ》だ。

平安《へいあん》時代、丹波国《たんばのくに》の大江山《おおえやま》に酒呑童子という鬼が住み着き、京の姫君を次々と攫《さら》っていた。帝《みかど》はこの事態を憂いて、源頼光《みなもとのよりみつ》に鬼退治を命じた。このとき頼光は一計を案じ、大江山に向かうと、まずは酒呑童子に酒を飲ませることにした。そして、酒呑童子が酔い潰れたのを見計らって、首をはねたのだ。

ところが、首だけになってもなお酒呑童子は頼光の兜《かぶと》に食らいつき、そこでこの台詞、「鬼は横道などせぬものを」を吐いた。鬼はだまし討ちなどしないものを、という意味だ。

たまたま京都に滞在しているせいもあってか、朝倉はこのメッセージからただならぬ印象を受け、事件への興味がますます膨らむのを感じていた。まだ創作意欲に直接結びついているわけではないが、事件の真相を探るうち、新たな物語が自分の中に生まれるかもしれないという期待もある。

ともかく、犯人はこのメッセージで誰に何を伝えたかったのか。それを解き明かすのが、事件の真相への近道かもしれない。

朝倉がじっと思案を巡らせていると、ふいにドアがノックされた。

「どうぞ」

朝倉が返事をすると、ドアが開いて百合が顔を覗かせた。

「失礼します、あの、うちの波内《なみうち》がぜひ朝倉さんにご挨拶したいとのことなんですが、よろしいでしょうか?」

「波内さんというと、この警察資料を用意してくれた?」

「はい」

「ああ、それでしたら、僕の方からもお礼を言いたいので、ぜひお願いします」

「ありがとうございます。では、すぐに連れて参りますので」

百合はそう言ってドアを閉めると、一分ほどですぐに戻ってきた。百合は後ろに三十代後半くらいに見える男を連れていた。浅黒く日焼けした、引き締まった顔の男だ。

「国見先生、いつもお世話になっております。編集部の波内信男《のぶお》と申します」

「こちらこそ、お世話になっております。今回は無理なお願いを聞いていただいて、どうもありがとうございました」

名刺を交換してから、朝倉たちは席に座った。

「ところで、ご用意した資料はいかがでしたか?」

「ええ、大変参考になりました」

「そうですか、それは良かった」

波内はほっとしたように笑みを浮かべる。

「波内さんは、色々と警察関係に伝手《つて》があるそうですね」

「我が社では直接事件報道をするような部署はないのですが、警察の広報活動には何かと協力しておりますし、市内の文化財や観光地に関する事件でしたら特集記事にすることもあります。それで、警察の広報担当や、新聞社の記者さんたちとも繋がりがありまして」

「なるほど、そうでしたか」

「今回、そうした伝手が国見先生のお役に立ったようで何よりです」

「いやあ、本当に助かりました」

先ほど数人の重役から挨拶を受けたときもそうだったが、さすがに担当編集者でもない限りは、ペンネームで呼ばれてもいちいち本名で呼ぶよう求めたりはしなかった。

「おっと、済みません、ちょっと失礼します」

携帯に着信でもあったのか、波内は立ち上がって席を離れた。

部屋の隅に行った波内は、しばらく携帯を操作していたが、やがて嬉《うれ》しそうな顔で戻ってきた。

「先生、警察の方で事件について追加の情報公開があったようですよ」

「本当ですか?」

「よろしかったらどうぞ」

波内が差し出してくれた携帯を受け取り、画面を見ると、知人の記者から送られてきたと思われるメールが開かれていた。

そこに書かれていた内容によれば、神奈川県警は、東京駅と豊橋駅で死体入りのスーツケースを持って乗り込んできた二人の男を、重要参考人として捜索しているとのことだった。警視庁と愛知県警にも協力を要請したらしい。

「どうやら死体は東京駅と豊橋駅から乗せられたようですね」

朝倉はそう言いながら、携帯を波内に返した。

「先生は、この事件に随分と関心がおありのようですね」

「ええ、まあ」

「もしかして、次回作の題材に、とお考えになっているとか？」

「それも、多少は……」

「でしたら、我々としてもできる限り協力いたしますので、取材に必要なことでしたら遠慮なく言いつけてください」

波内は妙にぎらついた目つきで、前のめりになって言った。

その意図を察して、朝倉は内心で苦笑する。きっと、何としてでも次の原稿の約束を取り付けるよう、重役たちに尻を叩かれているのだろう。それが長編小説の連載とでもなれば、まさに全社を挙げてのお祭り騒ぎになるに違いない。

「ありがとうございます。何かあれば、またお願いするかもしれません」

一応、朝倉はそう答えておいた。

「それで、先生の今後のご予定は？」

「うーん、そうですね……正直、京都市内での取材を続ける気が薄れてしまいまして。ここまでお膳立《ぜんだ》てしてくださったのに、申し訳ありませんが」

「では、朝倉さん、いっそのこと現地に行って事件を取材してみるのはいかがですか？」

ふと思いついたように、百合が言った。

「え？」

「たとえば、死体が新幹線に運び込まれた豊橋駅に行ってみれば、捜査本部が発表している以上の情報が手に入るかもしれません。私が同行して記者として取材すれば、警察の広報も対応してくれるでしょうし」

「ああ、なるほど、それはいい考えですね。ですが、そこまでお付き合いしてもらっていいんですか？　長谷川さんにもご都合が……」

「いいんです、いいんです」

と急いで答えたのは、波内だった。

「元々、先生が京都にご滞在中は、ずっと長谷川にご案内させるつもりでしたので。遠慮なくこき使ってやってください」

「はあ」

「では、さっそく豊橋行きの切符を手配してきます」

百合は急いで応接室を出て行った。

「本当なら私も同行するべきところですが、実は、この後すぐに海外出張に行かなければならないものでして」

波内が申し訳なさそうに言う。

「どちらへ行かれるんです？」

「ハノイです。今度、京都府とハノイ市の交換留学生に関するイベントが開かれるもので、その取材に」

「それはご苦労様です」

「まあ、長谷川が同行するなら、決して先生にご不便をかけることはないと思いますが」

波内の口調からは、百合への信頼が感じられた。

しばらくして戻ってきた百合は、新幹線のチケットが取れたと報告した。一度ホテルに戻って荷物を持ち、それから駅に向かうことにする。

「それでは、先生、お気を付けて」

これから関西《かんさい》国際空港に向かうという波内とは、ビルの前で別れた。波内は藤岡《ふじおか》という部下が運転する車に乗り込み、朝倉に一礼して去っていった。

その後、朝倉たちもタクシーに乗ってホテルへ向かった。

## 4

京都駅で新幹線こだまに乗り、豊橋駅に着いたときには午後五時半を過ぎていた。

駅では、早くも目撃者探しが始まったのか、改札近くに防犯カメラの映像を印刷したポスターが貼られ、情報提供を呼びかけていた。構内を巡回する警察官の姿も目立つような気がする。

朝倉たちは駅を出ると、タクシーに乗って豊橋警察署に向かった。ほんの十分とかからない距離だった。

タクシーを降りて警察署に入ると、そこは騒然とした雰囲気に包まれていた。大勢の警官が忙《せわ》しげに歩き回り、新聞記者と思われる姿も目に付いた。

朝倉は何か場違いなところへ来てしまったような気がして、少し気持ちが萎縮《いしゅく》してしまった。だが、百合はまるで怯《ひる》む様子もなく、人を掻き分けるようにして受付に向かう。朝倉もおずおずとその後に従った。

「済みません、私、新幹線の死体遺棄事件を取材しているんですが、広報の担当の方にお会いできませんか？」

百合は受付で名刺を差し出しながら言った。

受付に座っていた年配の警察官は、受け取った名刺にちらりと目を向けてから、

「はあ、京都からわざわざお越しになったんですか」

と珍しげに言った。

「全国的なニュースですからね」

「しかし、申し訳ないんですが、うちの方でも捜査

態勢を整えるのに手一杯でしてな、個別の記者さんへの対応はお断りしておるんですよ。取材でしたら、明日の午前中に開く予定の記者会見をお待ちください」

警察官はのんびりとした口調で、申し訳なさそうに言う。

「そんな、せめて担当者の方に会うだけでも……」

「そうしてあげたいのはやまやまですが、本当にあれやこれやと会議が続いて、とても時間を割けないんです」

「でも……」

百合は焦りの色を濃くして、さらに食い下がろうとした。自分から提案した取材行ということで、強い責任を感じているのだろう。

「長谷川さん、もういいですよ」

見かねて朝倉は声をかけた。

「ですが、朝倉さんにここまで来ていただきながら、手ぶらで帰るというのでは……」

「気にしないでください。駄目で元々、というつもりでしたから」

「そうですか……済みません」

謝りながらも、百合は少しほっとした表情を見せていた。

対応してくれた警察官に挨拶して、二人は警察署を後にした。

「朝倉さん、無駄足を踏ませてしまって、本当に申し訳ありませんでした」

通りに出てタクシーが通りかかるのを待ちながら、百合が改めて謝ってくる。

「いや、そんなに謝られると、僕の方でもかえって恐縮してしまいますよ。どうせ京都に残っていても、ホテルでじっと次の警察発表を待つだけになったでしょうしね。部屋で苛々しているよりは、こうして列車で移動した方が気が紛れて良かったですよ」

朝倉は、落ち込んだ様子の百合をどうにか励まそうと、笑顔で言った。

「済みません、お気遣いしていただいて」

百合もやっと笑みを見せてくれる。

やがて通りかかったタクシーを捕まえて乗り込み、駅の方まで戻ることにした。

「この後はどうされますか?」

車内で百合が尋ねてきた。

「うーん、実は、この先のことはあまり考えていなかったもので……」

「でしたら、とりあえず、どこかで食事でもしながら考えましょうか」

言われてみれば、急に空腹を感じた。考えてみると、昼に冷やし蕎麦を食べて以来、何も口にしていなかった。

「ええ、そうしましょう」

朝倉は頷いた。

タクシーの運転手に聞いてみると、この辺りでは菜飯田楽《なめしでんがく》というのが名物らしかった。せっかくなので、それが食べられる店に案内してもらうことにする。

着いた先は、いかにも老舗《しにせ》という店構えの料理屋だった。二人は座敷席に座ると、それぞれ菜飯田楽のセットを注文した。

菜飯というのは、細かく刻んだ大根の葉を混ぜ込んだご飯だった。豆腐田楽にはたっぷりと八丁味《はっちょうみ》噌《そ》が塗られていて、芥子《からし》が一筋引かれていた。菜飯は絶妙な歯ごたえがあり、田楽は香ばしく焼き上がっていて、濃厚な味噌の中で芥子が良いアクセントになっていた。別々に食べても美味しいが、店員に教わったとおりに、田楽を串から外して菜飯に載せて食べると、また格別な味わいだった。

「ところで、さっき思いついたことがあるんですが……」

食事を終え、お茶を啜りながら朝倉は切り出した。

「何でしょう?」

「この後、ひかり534号に乗ってみようかと思うんです。ほら、豊橋駅で死体が運び込まれたという列車です。実際に乗ってみれば、何か新しく見えてくるものがあるかもしれないので」

「ああ、それはいいですね」

「ただ、それに乗ってしまうと、今夜は東京泊まりになってしまうと思いますが、長谷川さんはどうされます?」

「朝倉さんさえよろしければ、私もご一緒させてください」

百合は迷うことなく言った。

店を出た二人は、再びタクシーに乗って豊橋駅に戻った。

駅に着いたのは午後七時半頃だった。ひかり534号は午後八時四十六分発だから、まだ時間に余裕がある。

「それでは、新幹線の切符と私の今夜の宿を手配してきますので、朝倉さんはその辺の喫茶店でお待ちいただけますか」

駅構内に入ったところで、百合が言った。

「分かりました」

東京にある朝倉の自宅マンションは、一人暮らしには不相応な広さだったから、わざわざ宿を取らなくても、百合を泊められる空き部屋もあった。だが、自宅に泊まるよう勧めるなど、場合によってはあらぬ誤解を受ける可能性もあったので、下手な気遣いはしないことにした。

しばし手持ち無沙汰《ぶさた》になった朝倉は、まずは駅ビルに入っている書店に行き、小型の時刻表を購入した。そして、喫茶店に入って、ひかり534号とのぞみ431号の発着時刻を改めて確認する。

今回の事件には多くの謎があるが、その中でも一番不可解なのが、死体の首のすげ替えだった。果たして、豊橋から東京までの区間で、すれ違う新幹線の間で首を交換するような機会など生まれるのだろうか。机上の計算では、どうやっても不可能なはずだが、実際に現地へ行ってみれば、思わぬ抜け道のようなものが存在するかもしれない。

警察がこの件についてどのように考えているのか、見解を聞いてみたいところだった。しかし、恐らく捜査本部はこの謎を無視するのではないか、という気がしていた。警察は、わざわざ難解な謎の方からぶつかっていくような真似はしないだろう。まずは被害者の身元を割り出し、交友関係を調べ、殺害の動機があるものを捕まえて厳しく取り調べる。それで犯人が自白すれば、その後でじっくりと謎の答えを聞き出せばいい、というのが警察のやり方のはずだ。もちろん、単純な怨恨《えんこん》や金銭目的の犯罪なら、それであっさり解決することの方が多いだろう。だが、これが緻密《ちみつ》な計画に基づいた犯行なら、警察の捜査は遠からず壁にぶつかるかもしれない。

一人でじっと考え込むうち、

「お待たせして済みませんでした」

と百合に声をかけられて、朝倉は我に返った。時計に目をやると、もう午後八時半が近い。

「意外に時間がかかりましたね」

「手配はすぐに済んだんですが、急に会社から連絡があって、進行中の企画について幾つか確認しなければならないことがありまして、それで手間取ってしまったんです。本当に申し訳ありません」

「いえ、ずっと考え事をしていましたから、あっという間でしたよ。とにかく、もう行きましょうか」

朝倉はバッグを抱えて席を立った。

急ぎ足で改札に向かい、新幹線のホームへ下りると、すぐに列車の到着を知らせるアナウンスが流れた。

「死体入りのスーツケースが発見されたのと同じ十四号車の席を取りました」

ホームを歩きながら、百合が小声で言った。

「ああ、それはありがとうございます」

もちろん、同じ列車番号でも、車両自体は昨日とは別のものになっているはずだ。だから、現場を検証して何か犯人が残した痕跡《こんせき》を発見する、というようなことは期待できない。しかし、スーツケースが運ばれていたときの状況を再現して確認するという意味では、同じ車両に乗るべきだろう。

やがて新幹線が到着すると、朝倉たちは犯人と同じように十一号車から乗り込んだ。

女の死体を詰めたスーツケースとはどれほどの重さだろう。朝倉は犯人になったつもりで、スーツケースを押す姿を想像しながら、十四号車に向かった。

十四号車の最後尾の席には客が座っており、朝倉たちは車両の中ほどにある二人がけの席に座った。

列車が出発すると、朝倉は何となく落ち着かない気分になった。まるで犯人の姿を探し求めるかのように、ちらちらと車内に視線を走らせてしまう。

座席は半分ほどが埋まっていた。客の大半がサラリーマン風で、みんな気怠《けだる》そうな雰囲気を漂わせている。通路の向こうの三人がけの席には、五十代くらいの男が一人で座っていて、ビールを飲みながら熱心にピーナッツを口に運んでいた。

この中に、昨夜の事件を意識している人間はどれくらいいるだろう、と朝倉はふと思った。テレビや新聞の報道では、列車番号までは伝えていなかったから、妙に身構えて座っているのは朝倉と百合だけかもしれない。

列車は豊橋駅を出た後は、新横浜駅まで停まることはない。朝倉は途中で席を立ち、最後尾席の裏のスペースを覗きに行ってみた。今日はそこに荷物を置いている客はなく、スペースは空っぽだった。少し足を止めてじっと観察してみたが、特に気になるものもなかった。

その後、デッキや前後の車両などにも行ってみた。しかし、やはり何も発見はなかった。

やがて朝倉は席に戻って腰を落ち着けたが、無言でじっと考え込んでいたので、百合が話しかけてくることはなかった。

幾つもの駅を通過していき、いよいよ新横浜駅が近くなってきた。

今日はダイヤの関係でのぞみ431号は運行されていないので、代わりに『のぞみ265号』とすれ違うことになるはずだ。運行時間はややずれているが、すれ違う際の条件はほぼ同じと言っていいだろう。

朝倉は席を立ち、後部デッキに向かった。百合も遠慮がちに後を追ってくる。

デッキには、他の客の姿はなかった。朝倉は改めてデッキの隅々まで視線を向けてから、その瞬間がやってくるのを待ち構えた。百合もやや緊張した面持ちで窓の外に目をやっている。

ふいに、そのときが来た。眩《まばゆ》い光が車窓を掠《かす》めたかと思うと、風圧に車両が揺れるのが分かった。下り新幹線のぞみ265号とすれ違ったのだ。

すれ違う時間は意外に長く続いた気がしたが、実際にはほんの数秒だっただろう。

のぞみ265号が走り去り、車両の揺れが収まると、朝倉はほっと息を吐いた。

「……どうやら、新幹線の間で頭部を入れ替えるような機会はなさそうですね」

何となく気恥ずかしいような気分で言うと、百合も頷き、

「両方の車両の窓を開けて頭を放り投げる、なんて場面を想像してたんですけど、考えてみたら馬鹿馬鹿しい発想でした」

と照れ笑いを浮かべた。

「そうなると、死体の頭部は新幹線に乗せられる前から入れ替えられていた、と考えるしかありませんが、なぜ犯人はそんな真似を……」

朝倉は窓の外を見つめながら、独り言のように呟《つぶや》いた。

そこで、間もなく新横浜駅に到着することを知らせるアナウンスが流れ、二人は席に戻ることにした。

# 第二章

## 1

九月二十日、水曜日。

午前七時三十八分、愛知県警通信指令室に、マンションの一室で大量の血痕《けっこん》を発見した、という一一〇番通報が届いた。

通信指令室は、ただちに付近を走っていたパトカーに連絡し、現場を確認するよう指示した。

パトカーでマンションに駆け付けた滝本《たきもと》巡査部長は、建物裏の駐車場に車を停めると、本間《ほんま》巡査と共に正面入り口に向かった。現場は豊橋市の郊外で、マンションの周囲には田畑が目立ち、警察官の姿が浮いて見えるほど、のどかな雰囲気が漂っている。

建物の入り口前には、スーツ姿の二人の男が立っていた。一方は四十代くらいで、もう一方は二十代半ばだろうか。二人とも青ざめた顔をしており、滝本たちの姿に気付くと揃って安堵《あんど》の表情を見せた。

「通報してくれた大野《おおの》さんですか?」

滝本が確認すると、年配の男の方が、

「ええ、そうです」

と答えた。

「大野さんはこのマンションの住人ですか?」

「いえ、私は管理会社の社員です」

「こちらの方は?」

「部下の西田《にしだ》です。彼が最初に血痕を発見しまして、私が連絡を受けて確認した後、警察へ通報したんです」

「なるほど……では、その部屋を見せてもらいましようか」

「分かりました」

滝本たちは大野の案内に従って建物に入っていった。

マンションは四階建てで小綺麗《こぎれい》な外観だったが、中に入ってみれば意外に造りが安っぽいようにも感じられた。現場となる部屋は三階にあるらしく、四人はエレベーターに乗り込んだ。

「ところで、なぜその部屋の中を確認することになったのですか？」

上がっていく途中で、滝本は尋ねた。

「ここはウィークリーマンションでして、その部屋の契約は昨日までになっていたんです。ところが、契約者様から何の連絡もなかったので、確認に来たというわけで」

大野が答え、同意するように西田も頷く。

「契約していたのは何という方ですか？」

「石田洋一《いしだよういち》という男性です」

「どのような人でした？」

「いえ、それが……」

大野は困ったように言い淀《よど》んでから、

「……我々は、契約者様と一度も対面したことがないので、お答えしようがないんです。当社では、契約の申し込みは全てネットで済ませることができますし、契約書もメールや郵便でやり取りできますので」

と答えた。

それを聞いた瞬間、これはやっかいな事件になりそうだぞ、と滝本は嫌な予感を覚えた。

「しかし、もちろん身分証明書の確認や入居審査は行うんでしょうね？」

「いや、それが……規約上は行うことになっているんですが、契約期間分の料金は前払いで振り込んでもらいますので、その辺りはわりにルーズというか……西田、どうなんだ?」

「身分証明書のコピーは後日送付してもらうということになっていたんですが、どうもそのまま放置されていたみたいで……」

西田は気まずそうに答えた。

つまり、石田洋一という男が本当に実在しているかどうかさえ怪しいというわけだ。まさに犯罪の温床だな、と滝本は思ったが、ここで大野たちを咎めたところで仕方がない。

やがて、滝本たちは問題の三〇七号室の前に着いた。

ドアの鍵の部分には数字が書かれたボタンが並んでいた。

「うちの物件は、デジタルロックテンキーになってまして、暗証番号を入力するだけで済むので、お客様と鍵のやり取りをする必要もないんです」

そう説明しながら、大野はボタンを押してロックを解除する。

「さあ、どうぞ」

大野はドアを引き開けると、滝本たちを促した。自分たちはもう中に入りたくないようだ。

滝本が中に入ると、奥の部屋の様子が目に入った。十畳ほどの広さのワンルームで、部屋に備え付けらしいテレビ、冷蔵庫、ベッドなどはあるが、それ以外はがらんとしていて、入居者が持ち込んだ品は何一つないように思えた。

「血痕があったのは浴室です」

玄関の外から大野が声をかけてくる。

滝本はさすがに緊張しながら、廊下へ上がってすぐのところにある浴室の折戸を開いた。

うっ、と背後で本間が小さく呻いたのが聞こえた。滝本自身も、目の前の光景に息を呑んでいた。

狭い浴室には大量の血痕が残っていた。一応はシャワーで洗い流そうとした形跡があるが、血が多すぎたのか、排水口を中心としてかなりの量が乾いてこびり付いていた。

ここで何者かが殺されたのは間違いない。いや、ただ殺されただけで、これだけの血が流れるとは思えないから、死体を解体した可能性さえある。

と、そのとき、滝本は昨日以来、県警を騒がせている事件のことを思い出した。新幹線同時死体遺棄事件の犯人が豊橋駅から乗り込んだことが確認されたことを受けて、神奈川県警から愛知県警に捜査協力の依頼が来ていた。捜査に直接関与していない警察官でも、この事件のことは一応頭に入っていた。

死体の頭部は切断されていたというが、まさかこの部屋で。滝本は緊張と興奮でぶるっと身震いした。

「おい、本部に連絡だ。至急応援をよこすように言ってくれ」

滝本が鋭い声で言うと、

「はいっ」

と本間はやや裏返った声で応じ、部屋を飛び出していった。


やがて現場に駆け付けた鑑識により血痕が採取され、科学捜査研究所で鑑定された結果、この血液はひかり534号で発見された胴体のものと同じであることが分かった。つまり、のぞみ431号で発見された頭部と同じということでもある。

これにより、被害者の殺害はこの部屋で行われた可能性が高くなり、連絡を受けた神奈川県警捜査本部の刑事たちが急行してきて、改めて現場検証が行われることとなった。

この報告だけでも捜査本部は色めき立っていたが、事態の急転回はこれだけに留まらなかった。

愛知県での一一〇番通報から遅れること約二時間、午前九時二十分に、今度は警視庁の通信指令本部にも同じような通報があった。

今度の現場は台東区《たいとう》にあるウィークリーマンションで、通報を受けて駆け付けた警察官は、やはり浴室で大量の血痕を発見していた。

鑑定の結果、この血液はのぞみ431号で発見された胴体、ひかり534号で発見された頭部のものと同じであることが判明した。

こうして、捜査本部は急遽《きゅうきょ》、東京の現場にも捜査員を派遣することとなった。

管理会社の担当者から事情を聞いたところ、こちらもやはり契約手続きはいい加減で、契約者である島野安夫《しまのやすお》と実際に対面したことはないとの話だった。また、物件に監視カメラの類《たぐ》いは設置されておらず、部屋に出入りしていた人物を確認することはできなかった。監視カメラが存在していないのは豊橋のマンションも同じで、今後の捜査の難航が予想される展開だった。

そして、捜査本部が懸念していたとおり、捜査の結果、契約書に書かれていた住所はいずれもでたらめで、石田洋一、島野安夫の両名が実在しないことが確認されたのだった。

果たして死体の首を切断してスーツケースに押し込み、新幹線に持ち込んだのは何者なのか。その正体は依然として深い霧の向こうに隠れていた。

## 2

朝倉が目覚めたのは午前九時だった。いつもより早い時間なのは、もちろんこの後で百合と落ち合う約束になっているからだ。

のろのろとベッドから起き上がった朝倉は、ベランダに面したガラス戸のカーテンを開いた。

今日も快晴で、マンションの足下を流れる隅田川《すみだがわ》に陽光が降り注ぎ、川面《かわも》をきらめかせていた。永代《えいたい》橋《ばし》の向こうには、スカイツリーの姿がくっきりと見える。

朝倉の部屋は、佃島《つくだじま》に建てられたタワーマンションの二十七階にあった。三年前、知り合いの売れっ子作家に勧められて、中古で購入した部屋だ。その作家は資産運用に巧みなことで知られていて、不動産の売買で印税以上の収入を得ているという専《もっぱ》らの噂《うわさ》だった。

当時でも相当な値段だった物件だが、確実な不動産投資にもなるから、と勧められ、朝倉は半信半疑ながらも購入を決めた。そして、知り合いの作家の言葉に嘘《うそ》はなく、現在では購入時の一・四倍もの相場価格となっていた。

売り払ってしまえば一財産になるのは間違いないし、タワーマンションの生活にも未練はないのだが、売却手続きの煩瑣《はんさ》なことを思うと、なかなか腰が上がらない。それで、半分惰性のような感じで、この部屋での暮らしが続いているのだった。

朝倉は手早く外出の準備を整えると、部屋を出た。

これだけ高い階だと、エレベーターを使っても一階に下りるのが何か億劫《おっくう》に感じられる。だが、地下鉄ですぐに都心に出て行ける立地なのは便利だった。

百合とは東京メトロ有楽町《ゆうらくちょう》駅で待ち合わせをしていた。昨夜は、百合は東京駅近くのビジネスホテルに宿泊したらしい。

午前十時の待ち合わせで、朝倉は十分前に着いたが、百合はもう先に来て待っていた。

「あ、朝倉さん、おはようございます」

百合は元気な声で挨拶してきた。しかし、やや目が腫《は》れぼったいような気がした。

「おはようございます。あまり眠れませんでしたか？」

「あ、分かりますか？　実は、枕が変わると寝付きが悪くなるタイプでして。でも、大丈夫ですから」

百合は気恥ずかしそうに笑って答えた。

二人は落ち合ってから食事をする予定になっていた。駅の売店で新聞を買った後、地上に出て晴海《はるみ》通り方面に歩く。しばらく大通りを進んでから、小道に入っていった。

朝倉が百合を案内したのは、パンケーキで有名な喫茶店だった。一階に画廊が入った小さなビルの二階にあり、いかにも昭和《しょうわ》のレトロな雰囲気が漂う店だ。食事時にはいつも混み合っているが、今日は中途半端な時間のせいか、幾つか空いているテーブルがあった。

百合は店の看板メニューであるパンケーキを注文したが、朝倉はナポリタンを頼んだ。朝倉がこの店に通うのはナポリタンの味が気に入っているからで、実はパンケーキは一度も食べたことがなかった。

注文した品が運ばれてくるまでの間、朝倉は新聞記事に目を通した。新幹線同時死体遺棄事件は今日も一面を飾っており、容疑者と思われる二人の男が東京駅、豊橋駅で列車に乗り込んだことを詳しく報じていた。しかし、すでに朝倉が昨日の時点で入手した情報以上のことは何も書かれておらず、少しがっかりしながら新聞を畳んだ。

そこへ、パンケーキとナポリタンが運ばれてきた。

「わあ、美味しそう」

百合は珍しく子供のように声を弾ませた。パンケーキの上にはイチゴ、キウイ、ラズベリーといったフルーツがたっぷりと盛られていて、その上に生クリームが載っている。皿の横にメープルシロップも添えられていた。朝倉なら一口食べただけで胸焼けしそうだ。

いただきます、と百合が嬉しそうにナイフとフォークを手にするのを見ながら、朝倉もナポリタンを食べ始めた。

「……ところで、これからの予定はどうされます？　朝倉さんは、何か情報収集のための心当たりがあるとか仰ってましたよね」

パンケーキを半分ほど食べたところで、百合がそう切り出してきた。

「ええ。僕は東邦《とうほう》新聞の出版局とも付き合いがありましてね」

「東邦新聞というと、あの全国紙の？」

「そうです。で、そちらの編集者さんなら、もしかしたら社会部の記者さんと個人的な繋がりがあるんじゃないかと思いまして」

「あ、なるほど」

「まあ、そういう要望には応《こた》えられない、と断られる可能性もありますが」

「済みません、本当でしたら、私が波内に代わって警察の情報を入手するべきですのに、力不足で……」

「いえいえ、気にしないでください。それより、波内さんは無事にハノイに着いたんでしょうかね」

朝倉は百合がまた気落ちしないように、急いで話題を変えた。

「それでしたら、昨夜のうちに波内からメールが届いてまして、無事にあちらに着いたようです。朝倉さんのご様子を聞かれたんで、一緒に東京まで来ているると返事をしたら、びっくりしてましたよ」

百合がくすっと笑って言った。

「でしょうね。僕もまさか東京まで戻るとは思っていませんでしたし」

朝倉も笑って応じる。

「とにかく、くれぐれも朝倉さんによろしくお伝えするように、とのことでした。波内も、私が何か失敗でもやらかさないかと、気が気じゃないいんだと思います」

「でも、波内さんは長谷川さんのことをずいぶん信頼しているみたいでしたよ」

「本当ですか？」

「ええ」

「そうですか……いつも顔を合わせると叱《しか》られてばかりなんですけどね」

「それだけ長谷川さんに期待しているってことでしょう。波内さんとのお付き合いは長いんですか？」

「はい、入社して以来、ずっとお世話になりっぱなしで。編集者や記者として、基本的なことは全て波内さんに教えてもらいました」

百合の言葉には心からの感謝の気持ちが籠もっている気がした。

やがて食事を終えて店を出ると、朝倉たちは東邦新聞社の出版局に向かうことにした。出版局は本社とは別の場所にあり、新橋《しんばし》駅近くのビルに入っていた。歩いても十分ほどで着く。

事前に担当編集者に電話をすると、在社しているとのことだったので、これからそちらに向かうと伝えておいた。

出版局はそれほど規模は大きくなく、ビルも五階建てのこぢんまりとした建物だった。受付で編集者に連絡をしてもらい、ロビーのソファに座って待つことにする。

しばらくして、ヒールで階段を駆け下りる音が聞こえてきた。音はカツカツとリズム良く伝わって来たが、途中でバタンと派手な音が響き、うぎゃっと声がした。百合や守衛、受付係が驚いて一斉に振り返る。

再び、今度は少し慎重な足取りの音が聞こえてきて、やがて一階に担当編集者の西条《さいじょう》一乃《いちの》が姿を現した。若干よろめいているが怪我《けが》はしていないようだ。

　一乃はずれた眼鏡を直しながらロビーを見回し、朝倉の姿に気付く。

「先生、ようこそおいでくださいました」

　いつものように賑やかな声で挨拶しながら、一乃は朝倉たちの元へ駆け寄ってきた。

「悪いね、突然お邪魔して」

　朝倉も立ち上がって挨拶を返す。

「いえ、いいんですよ。先生からのご連絡があれば、たとえ親の葬式中でも抜け出しますから」

　一乃はそう言ってから、ふと百合に気付いて視線を向けた。

「あの、こちらの方は……？」

「彼女は京都の四条通信社の長谷川百合さんだよ。長谷川さん、こちらが担当編集者の西条一乃さんです」

「どうも初めまして、長谷川と申します」

「あ、どうも、西条です。……ええと、名刺名刺」

　挨拶を済ませてから、三人は席に座った。

「ところで、先生に言われたとおり、編集長には内緒で下りてきましたけど、本当にご挨拶しなくてよろしいんですか？」

　一乃は少し声を低くして言った。

「うん、いいんだ。今日は仕事とは別の話で来たから」

　後ろめたさを覚えながら、朝倉は答えた。

　編集長の武田耕一《たけだこういち》は、朝倉のデビュー作を最も早い時期に評価してくれた人たちの一人で、出版局が発行する雑誌で大々的に取り上げるよう働きかけてくれていた。いわばブームの火付け役といった存在で、朝倉は未だに感謝している。だから、三作目の長編は武田に渡すと約束してもいるのだが、その肝心の原稿が一向に出来上がらないため、どうにも顔を合わせ辛い状況が続いていた。

「仕事とは別、ですか?」

一乃が小首を傾げて言う。

「そうなんだ。実は、西条さんに一つ頼みがあってね」

朝倉はそう言って、これまで新幹線同時死体遺棄事件を追ってきた経緯を説明し、どうにか東邦新聞の社会部から警察の情報を仕入れられないか、と頼んでみた。

「うーん、警察の捜査情報ですか……」

一乃は難しい顔で腕組みしてから、

「……たとえばその、先生が今回の事件を調べていってですよ、すごい長編ミステリーを思いついた! ってなった場合、その原稿は誰がもらえるんでしょうね」

と探るように言う。

「いや、それは……」

朝倉が返事に困っていると、

「朝倉さん、私の方は気になさらないでください」

と百合が微笑んで言ってくれた。

済みません、と朝倉は頭を下げてから、

「それじゃあ、新作が書き上がったら、西条さんに渡すよ」

と答えた。

「本当ですか? 約束ですよ!」

一乃は目を輝かせて言うと、携帯を取り出しながら席を立った。

「それじゃ、さっそく今から知り合いの記者に連絡を取ってみますね。社会部に同じ大学の先輩がいるんです。その人に頼めば、きっと融通を利かせてくれると思います」

「よろしく頼むよ」

「任せてください。それでは、少々お待ちを」

一乃は電話をかけながら、ロビーの隅に向かった。

「済みません、ここまで協力していただいておきながら、他社を優先するような約束をしてしまって」

朝倉は改めて謝った。

「いいえ、本当にお気になさらないでください。最初から、朝倉さんの長編原稿をいただくなんていう大それたことは考えていませんでしたから」

「そう言っていただけると助かります。エッセイや掌編《しょうへん》小説なんかでよければ、またいつでも書かせてもらいますので」

「ありがとうございます」

百合はにっこりと笑って言った。

それから、しばらく待つうちに、電話を終えて一乃が戻ってきた。

「先生、ばっちりです。警察の情報を教えてもらえることになりました。向こうも散々渋ったんですけど、会社の業績を左右するくらいの事案なんだって説得して、何とか承知させましたよ。ただ、その知り合いの記者、津村《つむら》って言うんですが、今はちょうど事件の取材で現場に出てるそうで、会社に戻り次第、情報を送ってくれることになりました。それでいいですか？」

「ああ、充分だよ。ありがとう」

朝倉も少しほっとして礼を言った。

津村からの連絡は、早くても夕方頃になりそうだというので、朝倉たちは一度出版局を出ることにした。

一乃に見送られてビルを出ると、朝倉たちは有楽町駅に向かって歩いた。

「……ところで、西条さんは朝倉さんのことを先生って呼ぶんですね」

百合はちらりと後ろを振り返って言った。一乃はまだビルの前で手を振っている。

「いや、それが、彼女にも朝倉と名前で呼ぶように頼んだんですが、すぐに忘れてしまうらしいんですよ。それで、最初の二、三回は僕もいちいち指摘していたんですが、そのうち、自分の方がつまらないこだわりに囚われているような気がしてきて、好きに呼んでもらうことにしたんです。まあ、彼女だって別に僕を敬って先生と呼んでいるわけじゃなくて、単に呼びやすくてそう言ってるだけでしょうから」

朝倉が苦笑して説明すると、

「何だ、そうだったんですね。私、自分がなれなれし過ぎたんじゃないかと、ちょっと心配だったんです」

と百合はほっとしたように笑った。

そんな百合の打ち解けた表情を見ているうちに、朝倉もこれまでにない、くすぐったいような感情が生まれるのを意識した。

駅に着いたところで、二人は今後の予定について少し相談した。百合は今のうちに片付けておきたい仕事が幾つかあるので、津村からの連絡があるまで、ホテルに戻ることになった。そうなると、朝倉も一人で街をぶらぶらするのは落ち着かなかったから、素直に自宅に戻って、月末締め切りのエッセイを一本書き上げておくことにする。

一乃から連絡があったのは、午後五時を過ぎたところだった。

「遅くなって済みません。どうも捜査の方で大きな動きがあったらしく、津村もなかなか帰社できなかったみたいなんです」

電話で一乃は申し訳なさそうに言う。

「大きな動き？」

「はい。まだ私も詳しくは知らないんですが、被害者が殺害された場所が分かったとか」

「本当かい？」

朝倉は思わず興奮して声を上げた。

「津村から取材内容をまとめた資料をデータで受け

取ったんですが、先生の携帯に送る形で構いませんか？」

「ああ、頼むよ」

「それでは、また新しい情報が入り次第、ご連絡しますので」

そう言って一乃は電話を切った。

しばらくして、携帯にメールの着信があった。添付されたファイルを開いてみると、捜査の情報がとても分かりやすく整理されて記されていた。朝倉に読ませるために、わざわざ一乃が取材メモを書き直してくれたようだ。

すぐにでも読みたいところだったが、その前に百合に電話をしておくことにした。

「もしもし、たった今、西条さんから連絡があって、事件の新しい情報が分かりましたよ。長谷川さんにもお見せしたいんですが、また有楽町駅で待ち合わせでよろしいですか？」

「いえ、朝倉さんにわざわざ出てきてもらうのも申し訳ないんで、ご自宅の近くへお伺いしますよ」

「ええと、それでしたら……」

と朝倉は少しためらってから、

「いっそ、うちに来ませんか？」

と言った。

「朝倉さんのご自宅に、ということですか？」

「ええ」

「ご迷惑じゃありません？」

「いえ、全然」

「そうですか、では、お邪魔させていただきます」

「月島《つきしま》駅まで来ていただければ、迎えに行きますので。それじゃあ、お待ちしてます」

電話を切った朝倉は、ほっと息を吐いてから、自分がひどく緊張していたことに気付いた。ただ女性を自宅に招待するだけのことで、何を上がっているのだろう、と苦笑する。もっとも、この部屋に女性を上げるのはこれが初めてだったが。

ともかく、百合を部屋に上げるとなった以上、少しでも片付けておかなければ。普段はあまり掃除もしない朝倉だったが、ごちゃごちゃ散らかっているのは寝室と仕事部屋だけで、リビングは比較的片付いていた。一通り掃除機をかけて、テーブルや床に積んだ本をしまってしまえば、とりあえず客を迎えられる状態になる。

トイレや洗面台もチェックして、コーヒーメーカーもセットし、後は百合を迎え入れるだけになった。

朝倉はリビングのソファに腰を落ち着けると、プリントアウトした津村の資料に改めて目を通すことにした。

資料によれば、豊橋にあるウィークリーマンションで被害者の血痕が発見され、また台東区でも同様の部屋で血痕が見つかったという。どちらの部屋も偽名で契約されていたので、借り主の正体は不明だった。ただし、当然ながらスーツケースに死体を入れて新幹線に運び込んだ男たちと同一人物であろうと推測され、警察はマンション周辺での聞き込みを進めているようだ。

他にも、死体が入っていたスーツケースの流通経路を調査した結果などが書かれていた。しかし、インターネットでの販売を含めて大量の商品が出回っているため、これらの遺留品から犯人を突き止めるのは不可能に近いとのことだった。

朝倉は資料をテーブルに置くと、腕組みをしてじっと天井を見つめながら、これまで事件について判明したことを頭の中で整理することにした。

まず新幹線の防犯カメラに映っていた二人の男が犯人であると仮定すると、男たちはそれぞれ豊橋市と台東区のウィークリーマンションで女性を殺害したことになる。そして、なぜか死体の首を切断した上、わざわざ二つの頭部を交換してから、スーツケースに入れた。更に、そのスーツケースを新幹線に乗せて、新横浜駅付近で死体が発見されるように、目覚まし時計を入れてアラームをセットした。

こうして犯人たちの行動を振り返ると、全く支離滅裂で、そんな工作をした理由がまるで分からなかった。

しかし、かといって犯人たちが無意味な行動をしたとも思えない。今の段階では理解できなくても、たとえば警察の捜査が進んで被害者の身元などが判明した際、初めて見えてくるものがあるのかもしれない。

朝倉は事件の裏に、犯人の不気味で底知れない計画性のようなものを感じ、更なる興味を掻き立てられていた。

と、そこで朝倉は、資料の中に死体に添えられたメッセージについて触れられた箇所がないことに気付いた。

資料を手に取って隅々まで読み返してみたが、やはり何の記載もない。津村がうっかり書き忘れたとは思えないから、やはり今のところ警察はメッセージについてはほとんど注目していないということだろう。

朝倉としては、このメッセージに込められた犯人の意図をどうしても知りたいところなのだが、警察が捜査してくれないとなれば、自分で調べるしかなさそうだ。

そのとき、携帯電話が鳴り始めた。百合からの電話だ。

「あ、朝倉さん、月島駅に着きました」

「分かりました。五分ほどで迎えに行けると思いますので、改札の前でお待ちください」

朝倉は急いで部屋を出ると、駅に向かった。

駅に着き、改札の前で待っている百合の姿を目にしたとき、朝倉はまた少し気持ちが高ぶるのを感じた。雑踏の中でも、百合は一際目立つ美しさで、すれ違いざまにちらりと視線を向ける男も少なくない。その百合が、ふと振り向いて朝倉に気付き、にっこり笑うのを目にすると、嬉しいような恥ずかしいような、妙な気分になってしまう。

「わざわざ迎えに来ていただいて、済みません」

「いえ、こちらこそ、自宅まで来てもらって申し訳ないです。では、ご案内しますよ」

朝倉は余計なことを意識しないよう自分に言い聞かせながら、百合をマンションまで案内した。

「わあ、すごいマンションに住んでらっしゃるんですね」

正面玄関前まで来ると、百合は感嘆したように声を上げ、建物を見上げた。

「いえ、それほどでも」

自慢しているように思われないよう、朝倉は言葉少なく応じる。

エレベーターで二十七階まで上がり、部屋に入ると、百合はまた小さな歓声を上げて窓からの景色にしばらく見入った。

「あ、あれってスカイツリーですよね。いいなあ、こんな景色を毎日眺められるなんて、羨《うらや》ましいです」

「見慣れてしまえば、どうってことはないんですけどね」

朝倉はそう応え、頃合いを見て百合にソファを勧めた。

ソファに座ると、百合はわざわざ用意してきた手土産《みやげ》を渡してくれた。銀座の有名な洋菓子店の詰め合わせセットだったので、コーヒーを入れたときに一緒に出すことにする。

「それで、これが西条さんから送られてきた資料です」

「拝見します」

百合は朝倉が差し出した資料を受け取ると、じっくりと読み込み始めた。

その間に、朝倉はコーヒーと洋菓子を用意して、リビングのテーブルに運んだ。

「……そうですか、殺害現場まで発見されたんですね」

やがて資料を読み終えた百合が、そう言いながら顔を上げた。

「いや、まだそう断定はできないと思います。たとえば、殺人は別の場所で行われて、死体の首を切断するのだけ、その部屋の浴室で行われたという可能性だってあるわけですからね」

「なるほど」

百合は頷くと、礼を言ってコーヒーを口に運んでから、

「朝倉さんはこれからどうなさるおつもりですか？」

と尋ねてきた。

「僕としては、死体に添えられていたメッセージの謎がとても気になりましてね。長谷川さんもご存知かもしれませんが、『鬼は横道などせぬものを』というのは酒呑童子の台詞なんです。しかし、今のところ警察はこの謎を無視して捜査を進めるつもりのようです。となれば、自分で独自に調査をするしかないのかもしれません」

「酒呑童子といえば大江山ですから、また京都へ戻られますか？」

「いえ、その前に、新潟まで行ってみるつもりです」

「新潟へ？　……あ、そうか、酒呑童子は越後《えちご》の生まれだという伝説がありますからね」

「ええ、そうなんです」

朝倉は、百合がその伝説を知っていたことが意外

だった。しかし、考えてみれば百合は新潟出身なのだから、どこかで耳にしていても不思議ではない。

酒呑童子は、元は越後の国上寺《こくじょうじ》で稚児《ちご》をしていたという伝説があるそうだ。そして、その国上寺は今でも残っているらしい。酒呑童子に関する曰《いわ》くを調べるなら、とりあえず現地に行ってみるべきだろう。

「今日はもう遅いので、僕は明日にでも新潟へ行ってみるつもりです。長谷川さんは、どうされますか?」

朝倉はできるだけさり気なく尋ねた。正直に言えば、百合にも付いてきて欲しいという気持ちはあったが、無理強いして迷惑をかけたくはなかった。

百合はちらりと考えただけで、すぐに答えた。

「ぜひご一緒させてください。まだ一日二日は会社に戻らなくても大丈夫ですので。それに、新潟ということなら、私が案内できると思います」

「そうですか。では、またよろしくお願いします」

朝倉はひそかに心を弾ませながら言った。

## 3

翌日の九月二十一日、二人は午前十時に東京駅で合流した。

そのまま上越《じょうえつ》新幹線のホームに行き、午前十時四十分発の『Ｍａｘとき３１７号』に乗って、燕《つばめ》三条《さんじょう》駅に向かうことにする。

ホームに停車中のＭａｘときを目にした朝倉は、その総二階の車両に少し圧倒された。車両は見上げるほどに高く、他の新幹線に比べると巨人のような迫力があった。

「朝倉さんは、Ｍａｘときに乗るのは初めてですか?」

朝倉の物珍しげな様子に気付いたのか、百合が尋ねてきた。今日の百合は、昨日のうちに東京駅近くの衣料品店で適当に見繕ったというシャツと七分丈パンツを身に着けていた。

「ええ。普段、上越新幹線に乗る機会も少ないもので」

「二階席を取っておきましたから、眺めもいいですよ」

「へえ、楽しみですね」

それから、車両に乗り込んで二階席に座ってみると、確かにいつもとはまるで違った光景が目に入った。走り出してからの景色も楽しみになる。

発車を待つ間、朝倉は駅の売店で買った週刊誌を開いた。広告によれば、事件について大々的に特集をしているはずだった。

八ページに及ぶ記事に一通り目を通してみたが、これまでに報道された内容を丁寧に振り返っているだけで、朝倉からすれば目新しい情報はなかった。

ただ、週刊誌のスクープネタとして、これまで新聞やテレビでは報じられることがなかった例のメッセージのことが書かれていた。これが酒呑童子にまつわる台詞であることも解説されている。

週刊誌によって報道規制が破られたことで、明日辺りから新聞やテレビでもメッセージのことが報じられるかもしれない。となると、国上寺付近も注目を浴びて騒がしくなる可能性もあった。新潟行きを今日にしてよかった、と朝倉は少しほっとした。

やがて新幹線の出発時刻が来た。

「燕三条駅まで、一時間五十分くらいかかる予定です」

切符を手配してくれた百合が教えてくれた。

「意外に早いんですね」

「はい。それと、レンタカーも予約しておきましたので、燕三条駅からは車で国上寺まで向かいましょう。運転は私がしますから」

「何から何まで済みません。……ああ、そうだ。昨日ネットで軽く調べてみたんですが、国上寺の近くには、酒呑童子神社というのもあるみたいですね」

「ええ、私も昔、行ったことがあります。それに、酒呑童子にまつわるといえば、彌彦《やひこ》神社というのもありますから、順番に回っていきましょう」

「お願いします」

朝倉は運転免許を持っていないので、現地に着いてからも百合に頼りっきりになりそうだ。

新幹線は東京駅を出ると、北に向かって走り出した。百合が言っていたとおり、車窓の景色はまるで展望台からの眺めのようで、朝倉は長い間じっと見入っていた。

新幹線は予定通り、午後零時三十分に燕三条駅に到着した。

駅の近くでレンタカーを借り、百合の運転で西に向かう。

「お昼ご飯はどうしましょうか」

百合が尋ねてきた。

「その辺の適当な店に入ってもいいんですが、せっかく新潟まで来たんだから、何かそれらしいものでも食べたいですね」

朝倉がそう言うと、百合は少し思案してから、

「では、いっそ寺泊《てらどまり》まで出て魚料理でも食べましょうか。その後で、彌彦神社、国上寺、酒呑童子神社と回っていけば、そう遠回りにもなりませんし」

と提案した。

「いいですね、そうしましょう」

朝倉は百合の計画に任せることにした。

途中、いかにも米どころらしい一面に田圃《たんぼ》の広がる一帯を通過しながら、日本海を目指した。

寺泊は賑やかな港街で、中心となる市場通りには派手な看板を掲げた料理屋や海産物店がずらりと並んでいた。平日の午後ということで、穏やかな雰囲

気が漂っていたが、これが週末ともなれば観光客で溢れかえるのだ、と百合は説明してくれた。

市場の海産物店で豪快にさばいた魚や貝を食べるのも悪くなかったが、百合が案内してくれたのは、小料理屋風の落ち着いた店だった。

座敷席に座ってから、その日仕入れた魚介類のリストを眺める。あれもこれもと迷った末に、ノドグロの塩焼き、ホウボウの刺身、カサゴの唐揚げという、東京では滅多《めった》に口にできない料理ばかりを選んでみた。

さすが百合が自信を持って案内してくれた店だけあって、どの料理も驚くほど美味しかった。それに、魚だけでなく白飯も美味しくて、朝倉にしては珍しく二回もお代わりをしてしまった。

お腹が苦しくなるほどたっぷりと食事を楽しんでから、

「何だか、観光に来たみたいですね」

と朝倉は照れ笑いを浮かべた。

「満足していただけたみたいで、よかったです」

百合は笑って言った。

少し休んで腹が落ち着くのを待ってから、朝倉たちは店を出て、改めて彌彦神社に向かうことにした。

神社に向かう途中、道路に突如として巨大な鳥居が現れて、朝倉は少し唖然《あぜん》とした。鳥居の下を潜ってから、朝倉は後ろを振り返り、改めてその雄大な姿を眺める。

「あの鳥居は……？」

「上越新幹線が開通したときに、記念に建てられたものなんです。高さは三十メートルあって、昔は日本一の大鳥居だったそうですよ。本当は、わざわざ鳥居を潜らなくても彌彦神社に行けるルートがあるんですが、せっかくなので朝倉さんに見てもらいたくて」

百合は笑みを浮かべて説明した。

山に向かって進んでいくうちに、やがて不思議な外観の駅が見えてきた。大きな瓦屋根に朱色の柱と、まるで神社のようだ。百合の説明では、それは弥彦《やひこ》駅で、彌彦神社の本殿を模して建てられたものらしい。

駅前を過ぎて、更に奥へ進んでいき、ついに彌彦神社に到着する。

彌彦神社は万葉集《まんようしゅう》にも詠われるほど古くに創建されているだけに、数々の伝説に彩られていた。その中で、酒呑童子に最も関係が深いといえば、茨《いばら》木《き》童子にまつわる伝説だろう。

茨木童子というのは、酒呑童子の副将とも右腕ともいわれた鬼で、共に大江山に籠もって悪行を働いたと言われているが、その出生地も同じ新潟であったという説がある。そして、その茨木童子が稚児として預けられていたのが、この彌彦神社というわけだ。

彌彦神社の境内はかなり広大で、鬱蒼《うっそう》とした木々に覆われていた。正面の鳥居を潜ると、石畳の参道が真っ直ぐに延びている。その参道をずっと奥まで進んでいくと、手水舎《てみずや》のある広場に出る。

そこから道を折れて、左右に深い林の広がる参道を進んでいくと、やがて重厚な屋根の張った随神門《ずいしんもん》が現れる。そして、門を潜った先にあるのが拝殿だった。

拝殿前の広場は回廊に囲まれている。そして、拝殿は見事な唐破風《からはふ》の大屋根を備えていて、金の飾りが印象的だった。

参拝を終えて、車まで引き返しながら、朝倉は酒呑童子と茨木童子の組み合わせについて思いを巡らせていた。犯人と思われる二人の男たちは、自分たちをそれぞれ二匹の鬼になぞらえて、あのメッセージを残したのだろうか。

彌彦神社の次に向かったのは、国上寺だった。寺は国上山《くがみやま》という小高い山の中腹に建っている。この辺りの山はハイキングコースとしても人気があるらしく、寺のすぐ下の駐車場にはビジターサービスセンターが建っていた。

国上寺の本堂は白木造りで、長い歴史の風格を感じさせた。巨大な屋根は、現在では銅板に覆われているが、かつては茅葺《かやぶ》きだったそうだ。境内には他にも、六角堂、大師堂などがあり、それぞれ素朴で味わい深い姿を見せていた。

国上寺は、そもそも彌彦神社の大明神の託宣で創建されたらしく、両者の繋がりは強かった。

そして、酒呑童子伝説においても、国上寺はもっとも所縁《ゆかり》の深い場所だった。

酒呑童子は、幼名を外道丸《げどうまる》といい、貴人の家に生まれていた。母胎にいること十六ヵ月にして生まれたというから、誕生のときから常人ではない宿命を負っていたらしい。外道丸は成長するに従って乱暴を働くようになり、たまりかねた両親は我が子を稚児として国上寺に預けた。この辺りの経緯は、副将である茨木童子とかなり似通っている。

その後、外道丸は改心して修行に明け暮れるようになったが、数奇な運命を招く原因となったのは、その類い稀《まれ》なる美貌《びぼう》だった。

国上寺の稚児たちは、山道を歩いて彌彦神社に通っていたが、その道は稚児道と呼ばれて、現在も残っている。そして、外道丸の噂を聞いた国中の娘たちは、稚児道までやってきて、道すがら恋文を投げ渡したのだ。だが、ひたすら仏道の修行に励む外道丸は、恋文などには見向きもしなかった。そのため、返事のないことを悲観した娘の一人が、ある日、淵《ふち》に身を投げてしまったのだった。

女の執念に恐ろしさを感じた外道丸は、これまで封も開けずにしまい込んでいた多くの恋文を焼き捨てようとする。しかし、恋文を詰めたつづらを開けた瞬間、紫の煙が立ち込めて、外道丸を包んでしまう。そして、外道丸は意識を失って倒れ、次に目を覚ましたときには恐るべき異形の鬼となり果てていたという。

こうした縁から、国上寺には酒呑童子絵巻と童子が使った大杯《おおさかずき》が保存されているそうだ。

本堂での参拝を済ませた後、朝倉たちは遊歩道を辿《たど》って、五合庵《ごごうあん》に向かった。国上寺は書の達人として知られる良寛《りょうかん》とも縁が深いそうで、五合庵はその住居であったらしい。

ただし、朝倉の目当ては五合庵ではなく、道の途中にあるという鏡井戸だった。

外道丸は鬼と化した後、井戸を覗き込み、水面に映った姿を見て己《おのれ》の変貌《へんぼう》を知ったという。そのときの井戸が、この鏡井戸だと言われているそうだ。

鏡井戸には屋根も設けられ、しっかりと保存されていた。横には、酒呑童子にまつわる由来を記した案内板も設置されている。

案内板には、今でも悪心を持った者が覗けば鬼の姿が映る、と書かれており、興味を引かれて朝倉は恐る恐る井戸を覗き込んでみた。

「どうですか?」

後ろから百合がおかしそうに聞いてくる。

「……どうやら僕は悪者ではないみたいですね」

井戸は干上がっていて、水面に朝倉の姿が映り込むようなことはなかった。

国上寺を後にした朝倉たちは、山を下り、最後の目的地である酒呑童子神社に向かうことにした。

国上山の麓《ふもと》にある酒呑童子神社は、その忌まわしい伝承とは対照的に、開放的でのどかな雰囲気の土地に建てられていた。

まず朝倉たちを迎えたのは、賑やかな道の駅だった。その裏手には無料の足湯まであり、「酒呑童子の湯」と名付けられていた。

道の駅の脇を通って奥に進み、芝生の広場に設けられた遊歩道を進んでいくと、前方に五重塔が見えてくる。

「神社なのに、五重塔があるんですね」

朝倉が意外に思って尋ねると、

「実は、この神社、建てられたのはそんなに昔のことではないんです。地元の異業種交流会の方々が、観光スポット的な意味合いで作ったものでして。なので、ここに五重塔を建てたのにも、そう深い理由はないんだと思います」

と百合は答えた。

その説明を裏付けるように、神社の入り口にある鳥居の横には「縁結之神」と刻まれた石碑が建っていた。

なぜ酒呑童子が縁結びの神なのか。案内板によれば、外道丸の頃に娘たちから受けた熱い想いを昇華させ、若いカップルの幸せのために尽くしたい、という酒呑童子の託宣があったからだという。

「まあ、地元の人間から忌み嫌われるよりは、こういう現代的な祀《まつ》られ方をした方が、酒呑童子としても幸せかもしれませんね」

朝倉は案内板を眺めながら言った。

神社の境内はこぢんまりとしたもので、高くそびえ立つ五重塔と、管理小屋らしい建物の他は、朱塗りの鳥居と小さな祠《ほこら》、それに絵馬掛所があるだけだった。

祠の脇には金属製の文箱《ふばこ》が設置されていた。何でも、好きな人への想いを書いた手紙を入れれば、その気持ちが相手に通じるとのことだ。

「長谷川さんも、昔、ここに来たことがあるんですよね？」

朝倉はちらりと百合を見て言った。

「はい、中学生の頃に。恋愛パワースポットなんて言葉に一番飛びつくような年頃でしたから」

百合はごく生真面目《きまじめ》な表情で答えた。その様子からすると、神社への願いは、思い返して頬がゆるむような結果には繋がらなかったのかもしれない。

それ以上詮索《せんさく》するのもためらわれたので、

「では、行きましょうか」

と朝倉は踵《きびす》を返した。

道の駅まで引き返すと、朝倉たちは飲み物を買って一休みすることにした。

建物の壁には色々とポスターが貼られていたが、そのうちの一枚は、今月下旬に酒呑童子行列が開催されることを告知するものだった。なかなか賑やかなお祭りのようだ。

「これで酒呑童子に関連した土地を一通り巡ったことになりますが、いかがですか?」

百合が尋ねてきた。

「そうですね、お陰で酒呑童子伝説に相当詳しくなれましたよ。まさか大江山の酒呑童子に、こんな過去があったとは思いませんでした」

朝倉はそう答えてから、ふと首を傾げて、

「しかし、考えてみれば、わりと理不尽な話ではありますよね」

「というと?」

「酒呑童子、いや、外道丸は、ただただ熱心に修行に打ち込んでいただけで、なにか悪行を働いたわけじゃありませんよね。確かに、娘たちの恋文を無視するというのは非情かもしれませんが、かといって一人一人の想いに応えるわけにもいかないでしょう。それなのに、いきなり鬼に姿を変えられてしまうというのは、あまりにも理不尽な気がしますね。まあ、大昔の伝説に注文をつけても仕方ありませんが」

最後は冗談めかして付け加えたが、百合は真面目な顔で頷いた。

「私も昔からそう思ってました。酒呑童子って、どちらかというと被害者みたいなものですよね。女たちから一方的に思いを寄せられて、それから逃げ切れずに酷《ひど》い目に遭ってしまったわけですから。もし女たちが本当に外道丸のことを想っていたなら、修行の邪魔にならないよう、じっと我慢するべきだったと思います。それなのに、相手の都合も考えずに追い詰めるなんて、この伝説の裏にはむしろ女の執念の恐ろしさが隠れているような気がします」

地元の伝説だけに百合も思い入れがあるのか、真剣な口調で語った。

ともかく、酒呑童子伝説の意外な一面を発見できたのは、朝倉にとっては収穫だった。もっとも、どこかに犯人の意図と結びつく箇所があるのかどうかは、これから探っていかなければならないが。

「この後はどうしましょう?」

百合が腕時計を確認しながら言った。いつの間にか午後六時を過ぎてしまっている。

「そうですね、慌てて東京へ帰る必要もないので、もし長谷川さんさえよければ、今日はこの辺りで泊まっていくのはどうでしょうか」

「ええ、大丈夫ですよ。では、さっそく宿を探してみます」

百合はそう言って、携帯を取り出した。

ネットでしばらく調べてから、百合は寺泊方面にある海沿いの観光ホテルを選んだ。電話で問い合わせてみると、今からでも部屋は用意できて、夕食も取れるという。シングルを二部屋予約してから、百合は電話を終えた。

「では、ホテルまでもう一頑張りしましょう」

そう言って百合は立ち上がった。

車に乗り込んで、再び日本海を目指す。途中から、先ほど通ってきた道に戻った。

ホテルに着いたときには、もう午後七時前になっていた。フロントでチェックインを済ませ、各自の部屋に荷物を下ろすと、一休みする間もなく夕食の席が用意された広間へと下りた。

広間にはテーブル席が十二卓ほどあり、半分ほどが埋まっていた。朝倉たちが席に座ると、さっそく料理が運ばれてくる。

典型的な会席料理ではあったが、海沿いのホテルだけあって、素材はどれも新鮮だった。イカ、エビ、ホタテといった何気ない刺身でも、しっかりと旨味がある。サザエの壺焼きも、身が柔らかくて汁けがたっぷりあった。それに、やはり米が美味い。

食事を進めながら、朝倉はふと気付いて、

「そういえば、せっかく新潟まで戻ったんですし、ご実家に顔を出さなくてもいいんですか？」

と尋ねた。

「それが……実は、両親はもうずっと昔に亡くなっていまして。一人いた兄も、やはり事故で亡くなってしまい、もうこちらには実家と呼べる場所は残っていないんです」

「ああ、そうでしたか……」

だから、百合は祇園で舞妓になるという道を選んだのだろうか。

「でも、私もすっかり京都の人間になったつもりですし、屋形のおかあさんが実家の母みたいなところがありますから、もう寂《さび》しいと思うこともないんですけどね」

気まずい空気になるのを避けるように、百合が急いで言った。

やがて食事が終わると、二人は一度別れ、それぞれ風呂に浸《つ》かって一休みした後、ホテル最上階にあるバーで飲み直すことになった。

朝倉は部屋に上がって浴衣《ゆかた》を手にすると、一階の大浴場へ下りた。大浴場の一面はガラス張りになって海に面していたが、もう夜なので外は真っ暗だった。

湯に浸かってみると、泉質は癖がなく柔らかかった。温度もぬるめで、幾らでも浸かっていられそうだった。しかし、今は事件のことで頭がいっぱいでゆったり長湯を楽しむ気分ではない。朝倉はさっと体を洗うと、早々に風呂を出た。

部屋に戻って、冷蔵庫のミネラルウォーターを飲みながら、午後九時からのニュースを見るためにテレビを点けた。

そこで画面に映し出された映像に、朝倉ははっとして身を乗り出した。新幹線同時遺体遺棄事件の似顔絵公開、というテロップが出ている。

「……神奈川県警は遺体で発見された女性についての情報を求めるために似顔絵を作成し、公開しました」

女性アナウンサーの声と共に、若い女性二人の似顔絵が映った。二人ともよく似ていて、切れ長の涼しげな目元が印象的な整った顔立ちだった。

朝倉は百合にも知らせようと急いで携帯を手に取ったが、考えてみれば、まだ風呂に入っているはずだった。そこで、とりあえず画面の似顔絵の写真を撮っておく。

ニュースが終わってCMが始まると、朝倉はテレビを切って、携帯で撮影した似顔絵を改めて眺めた。この情報公開によって、被害者の身元は判明するのだろうか。

それから三十分ほど経《た》ったところで、やっと百合から連絡があった。

「済みません、つい長湯をしてしまって」

「いいえ、それは構わないんですが、実は長谷川さんがお風呂に入っている間に、テレビのニュースで被害者の似顔絵が公開されたんです。携帯で写真を撮っておいたので、お見せしますよ」

「本当ですか？　では、バーでお会いしたときに」

朝倉は電話を終えると、すぐに部屋を出て最上階に向かった。

窓際のテーブル席に座り、瓶ビールをちびちびと飲んでいると、十五分ほど遅れて百合が姿を現した。浴衣に羽織姿だった。

「お待たせしました」

湯上がりで上気した百合は、いつにも増して艶めいていたが、今は見とれている場合ではなかった。

「これが、被害者の似顔絵です」

朝倉はさっそく携帯を差し出した。

百合は携帯を受け取り、じっと画像を見つめていたが、ふいに眉をひそめて首を傾げた。

「この人たち……」

「どうしましたか?」

「何となく見覚えがあるような気がするんです」

「本当ですか?　どこで見ました?」

朝倉は思わず腰を浮かせて尋ねた。

「確か、まだ私が祇園で舞妓をしていた頃に、イベントなどで何度かお見かけしたはずです」

「つまり、彼女たちも舞妓だったと?」

「ええ、たぶん」

遠い記憶であるせいか、百合も確信にまでは至っていない様子だった。

だが、これは決して聞き逃せない情報だ。

「……長谷川さん、慌ただしくて済みませんが、明日は朝いちでホテルを発ち、京都に向かいたいと思います」

朝倉は似顔絵をじっと見つめながら言った。

# 第三章

## 1

九月二十二日、金曜日。

午前八時にホテルを出た朝倉たちは、燕三条駅から新幹線に乗り、東京駅で午前十一時四十分発の『のぞみ335号』に乗り換えて京都に向かった。

京都駅に着いたのは午後一時五十八分だった。

百合の話では、京都には五つの花街があり、同じ舞妓とは言っても被害者たちと百合とは属していた街が違うので、現役時代もほぼ面識はなかったそうだ。

「ただ、私がお世話になっていた屋形のおかあさんに聞けば、どこの誰、ということくらいは分かると思います」

百合のその言葉を頼りに、朝倉はタクシーに乗って祇園に向かった。

舞妓時代に百合が所属していた屋形は、「芝《しば》つる」という名で、花見小路通から路地に入り込んだ奥にあった。やや古びたこぢんまりとした二階家だが、隅々まで手入れが行き届き、古都らしいさっぱりした風格が漂っていた。

「あらまあ、百合ちゃん、急にどないしたん?」

女将《おかみ》の川北路子《かわきたみちこ》は、少し驚いたように百合を迎えた。六十代後半といったところか、やや太った、柔らかな顔立ちの女性だが、その目元には厳しさも窺える。普段着姿なので、言われなければ屋形の女将とは分からないだろう。

「……こちらの方は?」

路子は訝《いぶか》しげに朝倉を見た。

「こちらは、朝倉さんと言って、今の職場でお世話になっている人なんです」

「はあ、朝倉はん、な……」

「実は、おかあさんにちょっと聞きたいことがあって来たんですけど、構いませんか?」

「そらまあ、百合ちゃんの頼みやったら何でも聞いてあげたいところやけど、知ってのとおり、うちは女所帯やし、知らん男の人を上げるのはなあ」

路子は警戒する様子を隠さなかった。

「確かにそうですけど……」

少し困った顔になった百合は、朝倉に顔を近づけて、

「あの、朝倉さんのペンネームを明かしてもいいですか?」

と尋ねてきた。

「ええ、別に構いませんが」

「済みません……おかあさん、実は朝倉さんは、作家の国見綺十郎さんなんです」

「えっ、国見綺十郎ゆうたら、あの『赤と黒の航路』の原作を書かはった?」

「ええ、そうです」

朝倉が頷くと、路子は目を輝かせた。

「いややわあ、うち、あの映画の大ファンなんどす。映画館に何度通ったか分からへんくらいどす。もちろん、原作の方も読ませてもろてます。ささ、国見先生、狭い家ですけど、どうぞ上がっておくれやす」

手の平を返したような歓待ぶりで、路子は朝倉を居間へ案内してくれた。百合も少し苦笑を浮かべながら後に続く。

フローリングの居間にはテーブルと椅子が置かれていた。細々《こまごま》とした生活雑貨が至る所に溢れていて、きちんと片付いてはいるが、雑多な生活感の漂

う部屋だった。

路子は一度奥の部屋に引っ込んでから、すぐに戻ってきた。

「先生、ずうずうしいおなごやと思わはるやろうけど、どうぞこちらにサインを書いてもらえしまへんやろか」

そう言って差し出してきたのは、『赤と黒の航路』と『黄昏色の潮流』の単行本、映画のパンフレット、それにＤＶＤのパッケージだった。

「こちらの全部にですか？」

「あきまへんやろか？」

「いえいえ、別に構いませんが」

朝倉は差し出されたペンを受け取り、一つ一つに丁寧にサインを入れていった。

「おおきに、おおきに」

路子は胸の前で手を合わせ、嬉しそうにはしゃいでいた。

サインが終わると、路子はお茶と菓子を運んできた。しかし、なおも興奮が収まらない様子で、朝倉の作品についてあれこれ尋ねてくる。朝倉としても、熱心なファンを適当にあしらうこともできず、問われるままに創作中の裏話などを語って路子を喜ばせた。

「おかあさん、そのくらいで」

やがて、百合がたまりかねたように口を挟んだ。

「え？　……ああ、えろうすんまへん。あんまり嬉しゅうて、つい舞い上がってしもうたみたいやわ。先生、かんにんしとくれやす」

「いえ、お気になさらずに」

「ほんで、百合ちゃん、うちに聞きたいことゆうたら何やの？」

路子はやっと本題に入ってくれた。

「おかあさんなら、この人たちに心当たりがあるんじゃないかと思って」

百合は携帯を取り出し、朝倉が送った似顔絵の画像を路子に見せた。

「この子らは……」

路子は眉間《みけん》にしわを寄せてじっと画像を見つめていたが、やがて、

「ああ、やっぱりそうやわ。竹田《たけだ》はんとこの梅《うめ》はるちゃんと、梅ちよちゃんやわ」

「梅はると梅ちよ、ですか」

朝倉はその名前を繰り返した。

「へえ、『竹田』ゆう屋形にいはった舞妓さんどす。いや、梅はるちゃんは芸妓にならはってたかな。この子らがどないしはったんどすか?」

路子の問いかけに、朝倉と百合はちらりと視線を交わした。どうやら路子は事件のことを知らないようだが、ここは素直に事情を打ち明けるべきだろう。

「女将さんは、新幹線同時死体遺棄事件をご存知ですか?」

「なんや、聞いたことがあるような、ないような……」

「実は、その事件で発見された二つの死体が、このお二人だったようなんです」

「ええっ」

路子は仰《の》け反《ぞ》るようにして驚いた。

「僕たちはこの事件について調べているんですが、被害者のお二人について、もっと詳しく教えてもらえないでしょうか」

「いや、それが、先生にならなんでもお話ししたいところやけど、うちもこれ以上詳しいことは知らへんのどす」

「だったら、竹田さんに行けば教えてもらえるでしょうか?」

百合が尋ねた。

「うーん、それは難しいんとちがうやろか。きっと

梅はるちゃんたちは、もう祇園を出たはずやけど、それでも外の人に身内の事情を喋《しゃべ》らはる屋形はあらしまへんやろなあ」

「そう、ですよね……」

百合は難しい顔でうつむく。

どうしたものかと朝倉も考え込んでいると、ふいに、路子はぽんと手を打って、

「あ、そや。ちょっと待っててくれはりますやろか」

と言い残し、再び奥の部屋に入っていった。

今度は路子が戻ってくるまで時間がかかった。どうしたのだろう、と朝倉が訝っているうちに、十分ほど経ってようやく路子が戻ってきた。

「この子やったら、何か教えてくれはるかもしれまへんえ」

そう言って路子は一枚の名刺を差し出してきた。受け取って見ると、名刺には「広瀬《ひろせ》夕子《ゆうこ》」という名が記されていた。

「その子は、元は竹田はんところの芸妓さんやった人で、今は引退して河原町《かわらまち》の方でバーを開いてはるそうなんどす。もう祇園を離れて長いはずやし、その子やったら昔の話も色々と聞かしてくれはるかもしれまへん」

「そうですか、では訪ねてみます」

調査の次の取っかかりが見つかったことに、朝倉はほっとした。

それから、もう少し雑談をして、朝倉たちは芝つるを出ることにした。

「先生、またいつでもおこしやす」

路子は笑顔で見送ってくれた。

芝つるを出たときには、午後四時前になっていた。バーが開くにはまだ早い時間帯だが、開店準備を始めていてもおかしくはない。

二人は徒歩で四条大橋を渡り、河原町に向かっ

た。

　名刺の住所を頼りに、大通りから脇道へ入っていく。更に、狭い路地の奥へ進んでいった。路地の左右には軒先に提灯《ちょうちん》を吊《つる》した飲み屋がずらりと並んでいる。

　目的の店は、小さな四階建てビルの二階に入っていた。「BAR夕霧」という小さな看板が、階段脇にひっそりと掲げられている。

　両肩を擦《こす》りそうなほど狭い階段を上がっていくと、店の引き戸は半分ほど開いていて、中から掃除機の音が聞こえてきていた。

　朝倉はそっと店内を覗き込んだ。店はカウンター席が八つに小さなテーブル席が一つという、ごく狭いものだった。内装は和風で、バックバーの横には見事な生け花が飾られている。

　テーブル席の周りに掃除機をかけている女性は、髪はセットしてあるが、服装はまだTシャツにジーンズというラフなものだった。

「あの、済みません」

　朝倉が声をかけると、女は掃除機を止めて振り返る。

「ごめんなさい、うちは午後六時から開店なんです」

　女は柔らかな物腰でそう応じた。

「いえ、我々は客ではなく、ちょっとお尋ねしたいことがあってお邪魔したんですが……ええと、あなたが広瀬夕子さんですか？」

「はい、そうですけど……」

　夕子は少し戸惑ったように頷いた。濃い化粧が、どことなく芸妓を思わせる気がするのは、朝倉が夕子の前歴を知っているからだろうか。

　ともかく、朝倉は百合と共に店内に入った。

「あの、芝つるのおかあさんのことを、覚えておいでですか？」

百合が尋ねた。

「ええ、それはもう。去年だったたか、鴨川の川床《かわゆか》でばったりお会いして、ご挨拶させてもらいましたから」

「私たちは、芝つるのおかあさんの紹介で、こちらに伺わせてもらったんです」

「あらまあ、そうでしたの。それじゃあ、開店前で片付いていませんけど、よろしかったらこちらのお席へどうぞ」

夕子は愛想良くカウンター席を勧めてくれた。芸妓を引退してからも、祇園での人間の繋がりは大事にしているのかもしれない。

改めて挨拶した後、百合が以前は芝つるで舞妓をしていたことを明かすと、夕子はますます親しげな態度を見せるようになった。

夕子は二人に冷たいお茶を出してから、

「それで、私に尋ねたいことというのは?」

と切り出してきた。

「実は、僕たちは梅はるさんと梅ちよさんのことを調べていまして」

朝倉は、じっと夕子の表情を窺いながら言った。

「へえ、あの子たちのことを」

夕子の顔に、特に驚きの色はなかった。その反応からすると、二人が事件の被害者であることには気付いていないらしい。

「広瀬さんは、梅はるさんたちと親しかったんでしょうか」

「それはもちろん、同じ屋形で住み暮らす朋輩《ほうばい》でしたからね。私の方がちょっと年上でしたから、梅はるちゃんのことは妹として可愛《かわい》がらせてもらいましたよ。梅ちよちゃんが仕込みさんになったときは、私はもう自前になって屋形から独立してましたけど、それでも仲良くさせてもらってました」

それを聞いて、朝倉は事件のことは伏せておくことにした。そこまで親しい関係だったなら、殺されたと聞いたときのショックが大きすぎるだろうし、身構えて口が重くなっても困る。

「梅はるさんと梅ちよさんも、親しい関係だったんでしょうね」

「親しいというだけじゃない、切っても切れない繋がりでしたよ。梅ちよちゃんが舞妓としてデビューしたお店出しのときには、梅はるちゃんが後見人として引いて出る役を務めて、姉妹の盃《さかずき》を交わしましたし、梅ちよの名も梅はるちゃんから一文字もらったものですから。二人には実の姉妹以上に深い繋がりがあったはずです」

「なるほど……」

　だとすれば、芸妓舞妓を引退して祇園を離れてからも、二人が行動を共にしていた可能性は高い。

　それから、朝倉は更に質問を重ねて、二人について詳しく聞き出していった。


　二人が祇園を去ったのは、今から五年前だという。梅はるの本名は藤原真琴《ふじわらまこと》で、引退当時は二十二歳だったというから、現在は二十七歳になっていたはずだ。梅ちよの本名は桐石四葉《きりいしよつは》で、当時は十九歳。現在は二十四歳になっている。

「二人はどういう事情で祇園を離れたんでしょう」

「さあ、それが、私も詳しくは知らないんですけど、おかあさんの話では、あまり後味の良い別れではなかったそうで……」

　途端に、夕子の口は重くなった。元の朋輩に関する悪い噂はあまり口にしたくないのだろう。

「屋形との間で何かトラブルを起こしたとか?」

「いえ、そういうことでもなさそうですが、とにかく、私は詳しい事情を知らないもので、無責任なことは言えないんです」

「そうですか……」

　このまま強引に問い詰めても、夕子が答えてくれるとは思えない。それに、本当に詳しい事情を知らないという可能性もある。

「では、他に誰か、当時の事情について詳しく知っている人はいませんか？」

「それは……」

夕子は少し迷う様子を見せてから、

「……確か、その頃、梅はるちゃんたちを贔屓《ひいき》にしていた、『京織堂《きょうせんどう》』とかいう会社の社長さんが何か関係していた、という噂は聞いたことがあります」

と教えてくれた。

「京織堂、ですね」

朝倉はそう言って、ちらりと百合を見た。百合は聞き覚えがあるらしく、小さく頷く。

これでもう充分な情報が得られたが、最後に一つだけ、確認しておきたいことがあった。

「ところで、『鬼は横道などせぬものを』という言葉に、何か心当たりはありませんか？」

「鬼は……あの、うろ覚えですけど、それって酒呑童子の台詞だったような」

「ええ」

「それが何か？」

夕子は不思議そうに小首を傾げる。

「いいえ、何も思い当たることがなければいいんです」

朝倉はそう言って誤魔化《ごまか》した。

「では、我々はこれで失礼します。開店前のお忙しいところ、時間を割いてくださって、ありがとうございました」

「芝つるのおかあさんに、よろしくお伝えくださいね」

夕子はそう言って二人を見送ってくれた。

建物を出た朝倉は、通りに向かって路地を進みながら、

「長谷川さんは、京織堂のことをご存知なんです

ね?」

と改めて確認した。

「はい。京都の繊維メーカーの中でも老舗として有名なんです。うちの雑誌でも二、三回取り上げさせてもらいましたから、そのときに社長さんにご挨拶をさせていただきました。大八木茂《おおやぎしげる》という方なんですが」

「その大八木さんから話を聞くことはできますかね?」

「それは……」

百合は少し迷う表情を見せてから、

「大八木社長という方は、老舗の主《あるじ》にしては珍しくアクが強いと言いますか、我を張るタイプでして、気に入らない申し出はきっぱりはねつけるようなところがあります。ですから、事情を説明してアポを取ろうとしても、断られるかもしれません」

「なるほど……」

「いっそのこと、じかに会社を訪問した方が、多少強引でも面会に漕《こ》ぎつけられると思います。ただ、その場合は京織堂さんとうちの会社の関係がこじれる可能性もあるので、とりあえず、波内に相談してからにしたいんですが……」

「それはもちろんです。波内さんの許可が出てからにしましょう。しかし、波内さんはもう帰国されていますか?」

「予定では、今日の午前中には戻ってきているはずです。ちょっと確認してみますね」

百合は立ち止まって携帯電話を取り出し、波内に電話をかけた。

電話はすぐに繋がった。どうやら、波内は予定通り帰国しているようだ。

「……では、私たちもこれから会社の方へ向かいますので、よろしくお願いします」

百合はそう言って電話を切ると、

「波内は自宅にいましたが、これからすぐに会社に出てくるそうです」

と朝倉に報告した。

「出張帰りで疲れているところを、申し訳ないですね」

「いえ、気になさらないでください。当人も、朝倉さんのお役に立てるなら、と張り切っていましたから」

百合は笑って言った。

四条通に出た二人は、タクシーを拾って本社ビルに向かうことにした。

## 2

「これは先生、どうもお疲れ様です」

編集部で朝倉を迎えた波内は、出張の疲れも見せず、張りのある声で挨拶してきた。

「お疲れのところ、お手数をかけて済みません」

「いえいえ、先生こそ、日本全国を駆け巡っておいでのようで、お疲れ様です」

波内は笑顔で応え、朝倉を先日と同じ応接室に案内した。

冷たい飲み物を用意した後で百合も席につき、これまでの経緯を波内に説明する。

「……というわけで、これからじかに京織堂さんを訪問したいと思うんですが、構いませんか?」

「京織堂、か……」

波内は、珍しく神経質そうな顔つきになって、その名を呟いた。やはり、大八木は業界でも名うての難物ということなのだろうか。

朝倉と百合がじっと待っていると、やがて波内は腹を決めたように顔を上げた。

「よし、いいだろう。先生を京織堂へお連れしてくれ。作家の先生の取材をサポートしているという名日なら、一応は筋が立つはずだ」

波内は百合にそう言ってから、朝倉の方を見る。

「場合によっては、先生もご不快な目に遭うかもしれませんが、あらかじめご了承いただければ助かります」

「いいえ、こちらこそ四条通信社さんにご迷惑をおかけして、本当に申し訳なく思っております」

「とんでもありません。くれぐれも先生に不都合がないようにと、重役からも言い付けられておりますのでね」

波内は笑って応じた。

飲み物を口にして一息入れてから、朝倉と百合は会社を出ることにした。タクシーを呼んで、下京《しもぎょう》区にあるという京織堂に向かう。

京織堂の事務所は、古い町家を改装したものだった。いかにも京都の古い住宅らしく、道路に面した間口は狭く、入り口の引き戸から覗くと、廊下がずっと奥まで延びているのが分かった。まさに鰻《うなぎ》の寝床だ。

「お邪魔します」

百合は木枠にガラスが入った引き戸を開けて、上がり口のすぐ横にある事務室に声をかけた。

「はい、何でしょう」

年配の男の社員が、腕カバーの位置を直しながら出てきた。

「私、半年ほど前にこちらで取材をさせていただいた、四条通信社の長谷川と申しますが……」

「ああ、これはどうも、お久しぶりです。この前はどうもお世話さんでした」

社員は百合を覚えていたらしく、愛想良く応じた。

「もし社長さんがいらっしゃったら、ちょっとお目にかかりたいのですが」

「社長ならおりますよ。ささ、どうぞお上がりになって」

社員は上がり口にスリッパを二つ並べてくれた。朝倉のことは同僚の記者だとでも思ったらしい。

朝倉たちは社員に案内されて、長い廊下を奥へ進んでいった。

「社長、ちょっとよろしいですか」

廊下の突き当たりに近い、板の引き戸の前で社員は立ち止まり、部屋の中に声をかけた。

「おう、なんぞ用か」

野太い声が応じる。

「四条通信社の長谷川さんが来られてましして。半年ほど前にTerraという雑誌でうちを紹介してくだすった……」

「ああ、あのときの記者さんか。どうぞお通しせい」

「はい。では、どうぞ」

社員は引き戸を開け、中に入るよう朝倉たちを促した。

失礼します、と声をかけて、朝倉たちは部屋に入った。十畳ほどの広さの部屋で、奥に置かれた重厚なデスクの向こう側に、よく肥えた男が座っていた。この男が大八木だろう。

大八木は六十歳くらいか、薄くなった髪を後ろに撫でつけ、広い額を脂で光らせていた。鼻も唇も分厚く、百合が言っていたとおりの人物であることを窺わせた。

「まあ、どうぞお座りください」

大八木はそう言いながらデスクを離れ、手前に置かれた来客用の応接セットに移った。

お辞儀《じぎ》して腰を下ろす百合の隣に、朝倉も座った。

「今日もなかなか暑いですな。毎年のことながらワシはこの残暑の季節というのがどうも苦手でして」

横柄な口調ながら、京都の商人らしい愛想も見せつつ、大八木は忙しく扇子を使った。

「突然お邪魔して申し訳ありませんでした」

百合が堅苦しく挨拶する。

「いやいや、うちの会社を紹介してもらえるんなら、いつだって時間を割きますわ。それで、お隣の人は……？」

「申し遅れました、私、こういう者です」

朝倉は腰を上げて、名刺を差し出した。そこには本名と、住所、連絡先だけが書いてある。

「はあ、朝倉さんですか」

大八木は小首を傾げ、肩書きを探すように名刺をひっくり返した。

「実は、朝倉さんは作家でして、ある事件の取材をされているんです」

百合がそう説明した。

「事件の取材？　それは、何ぞうちと関係あることですか？」

「社長は、梅はるさん、梅ちよさんのお二人をご存知ですね？」

朝倉はずばり尋ねた。

途端に、大八木の表情が強張《こわば》るのが分かった。

「……何や、ワシが思っていた用件とは随分違っていたようやな。長谷川さん、これでワシもなかなか忙しい身や、商売と関係のないけったいな話に付き合うような暇はあらしませんのです」

そう言って大八木は立ち上がり、大股で戸口に向かって、引き戸を開けた。

「さあ、お帰りください」

問答無用の態度で、大八木は廊下を手で示す。その目は苛立ちを露わにして、じっと朝倉を睨み付けていた。

百合は、思いがけないほど強硬な大八木の反応に、困惑しているようだった。

朝倉は立ち上がって大八木と対峙《たいじ》すると、静かな口調で言った。

「社長、我々を追い返すのも結構ですが、その前に、何の事件を取材しているのか聞いておかなくてもいいんですか？　後で警察がやってきたときに、慌てなくて済むように」

「何？」

大八木は目を剝いた。こめかみから大粒の汗が垂れ落ちる。

「……ええやろ、あんたに五分だけ時間をやるわ」

そう言って、大八木は元の席に戻った。朝倉もそっと息を吐いて、座り直す。

「それで、社長が梅はるさんと梅ちよさんをご存知なのは確かですね？」

朝倉は改めて切り出した。

「いっとき、贔屓にしてたことがある。せやけど、もう随分と昔の話や。今はもう連絡も取っとらん」

大八木は椅子の上でふんぞり返るようにして答える。

「昔というと、五年前のことですね？　あの二人が祇園を離れるまで、ということですか」

「……それがどうしたんや」

「祇園を出た後、二人はどこへ行ったんでしょう。多少の消息はご存知では？」

「ワシが直接会ったわけやないが、二人が向島で芸者をしているのにばったり会ったという話を、知り合いの社長さんから聞いたことはある。だが、それだけや」

「向島というと、東京の？」

「そうや。しょせん芸事の世界しか知らん女たちや、祇園を離れても、花街以外で暮らしを立てるのは難しかったんやろな」

「なぜ、二人は突然祇園を出ることになったんでしょうか？」

「待った、さっきからあんたが質問してばっかりやないか。まず、あんたが調べてるという事件のことを説明してもらおか」

大八木はぐっと身を乗り出して言った。

「……分かりました。では、まずこの画像を見てください」

朝倉は携帯電話を取り出し、例の似顔絵の画像を大八木に見せた。

大八木は画面を覗き込んでから、はっと顔色を変えて、朝倉の手から携帯を奪い取った。そして、食い入るように似顔絵を見つめる。

「こ、これは、確かに梅はると梅ちよや……新幹線同時死体遺棄事件っちゅうことは、まさか……?」

「そう、そのまさかです。彼女たちは、この事件の被害者なんです」

朝倉は呆然《ぼうぜん》としている大八木の手から、携帯を取り返した。

「そんな、あの二人が……何でや、何であの二人は殺されたんや?」

「その理由を確かめるために、僕はこうして事件を調べているんです」

朝倉はじっと大八木の表情を窺いながら言った。その驚愕《きょうがく》する様子はとても演技とは思えず、大八木が事件に直接関わっていないのは確かなように思える。

「……死体は新幹線に乗せられたスーツケースの中から発見されましたが、一緒に血文字のメッセージが入っていたことはご存知ですか?」

「メッセージ? 何やそれは?」

「『鬼は横道などせぬものを』。これは酒呑童子が最期に口にした台詞です。なぜ酒呑童子に関係したメッセージがお二人の死体に添えられていたのか、その理由に何か心当たりはありませんか?」

「酒呑、童子……」

大八木の顔がみるみる青ざめていくのが分かっ

た。間違いない、この男は酒呑童子のメッセージについて何か知っているのだ。

「まさか、あいつら、未だにあの事件のことで……」

ぼそりと大八木が呟くのを、朝倉は聞き逃さなかった。

「あの事件というのは何のことです？」

「え？　いや、何でもない、別にあんたには関係のない話や」

大八木は狼狽《ろうばい》した様子で応じる。

「隠さないでください。社長は二人が殺された理由について、心当たりがあるんですね？」

「ええい、うるさい。たとえ心当たりがあったとして、何であんたに言う必要があるんや。もう話は済んだ、帰っとくれ」

大八木は開き直ったように怒鳴《どな》り、立ち上がった。

それでも朝倉が座ったままじっと見つめていると、大八木は目を逸らし、自分から部屋の戸口に向かった。

「おい、井上《いのうえ》、お客さんのお帰りや。とっとと玄関まで案内して差し上げや」

大八木は部屋を出て廊下の向こうへ声をかけると、自分は逃げるように奥に向かった。

朝倉も席を立って廊下に出ると、大八木が去った方向を覗き込んだが、そこにはもう閉まったドアがあるだけだった。

井上と呼ばれた先ほどの社員が、戸惑った様子でやってくる。

「何か問題でもありましたか？」

「いえ、別に……用件が済みましたので、我々はこれで失礼させてもらいます」

朝倉はそう答えた。

井上は二人を玄関まで見送りながら、

「社長はあのとおり、短気な方ですので、どうぞお気を悪くしないようお願いしますよ」

と取り繕うように言った。

京織堂を出ると、二人は近くの大通りに向かって歩いた。

「結局、中途半端な形で追い返される形になってしまいましたが、良かったんでしょうか？」

百合が尋ねてくる。

「ええ。あれ以上は、どう追及しても大八木さんが口を割ったとは思えません。それに、過去を探るのに充分な手がかりは得られましたから」

「と言いますと？」

「まず、大八木さんが、梅はると梅ちよが殺された理由に心当たりがあるのは確かでしょう。そして、その理由は過去に起きた何かの事件に関係しているらしい。もしかしたら、その事件がきっかけで、梅はるたちは祇園を離れることになったのかもしれません。となると、事件は五年前に起きたと考えていいかと思います」

「なるほど……では、五年前に起きた事件で、何か大八木社長や梅はるさんたちに関係したものがないか、調べればいいわけですね」

「ええ」

大通りに出たところで、二人はタクシーが通りかかるのを待った。もう太陽は沈んでいて、わずかな残照が西の空を赤く染めていた。

「朝倉さん、これからどうされますか？ うちの会社の資料室に行けば、過去の事件を調べられると思いますが」

「それなんですが……もし長谷川さんさえよければ、僕たちがこれまでに手に入れた情報を、この辺で警察に伝えようかと思うんです」

「警察にですか？」

「ええ。今のところ、警察の捜査は手詰まりになっているようですが、それは何と言っても未だに被害者の身元が特定できていないせいだと思います。もちろん、放っておいてもいずれ警察は梅はるたちの身元を突き止めるはずです。しかし、彼女たちは花街という特殊な世界に身を置いていましたから、関係者の口も堅いでしょうし、今後もかなりの時間が無駄に費やされる可能性もあります。それを考えると、僕たちの情報は警察にとって大きな助けになるんじゃないでしょうか」

「朝倉さんはよろしいんですか？　せっかくここまで調査を進めてきておいて」

百合はやや戸惑いの色を浮かべていた。

「未解決に終わった過去の事件というならともかく、これは現在進行形の事件で、警察の捜査が遅れれば、新たな犠牲者が出るかもしれませんし、犯人が逃げ切ってしまうかもしれません。僕の興味を優先して、取り返しのつかない事態になるのは避けたいですからね」

朝倉はそう言ってから、続けて、

「それに、元々、僕には警察やマスコミを出し抜いてやろうなんて考えはありませんでした。この複雑怪奇な事件の真相を知りたいというだけで、警察があっという間に解決してくれるというなら、それで充分です。その代わり、事件に関わる人物や背景などを、詳細に教えてもらえるとありがたいんですが」

「そうですか……もちろん、私に反対する理由はありません。朝倉さんが望むとおりにしてください」

百合は納得した表情になって言った。

「ありがとうございます」

「では、警察の方へ行かれますか？」

「いえ、僕たちが直接出向いても、どこまで真面目に対応してくれるか分かりませんからね。それよりも、ずっと事件を取材している新聞記者の口を通して伝えた方が、捜査本部へよりダイレクトに伝わると思います」

「つまり、西条さんを通じて、社会部の津村さんに伝達役を頼むわけですね？」

「そうです。……あの、もしよければ、波内さんを通じて警察に伝えるという形にしてもいいんですが。これだけ貴重な情報となれば、警察に大きな貸しを作ることにもなるでしょうし」

「いえいえ、とんでもありません。波内も言っていたとおり、うちの編集部が警察に関わるとしたら、せいぜい広報活動の手伝いをするくらいなんです。捜査本部に直接特ダネを持ち込むなんて、そんな役回りは無理ですよ」

百合は笑って応じた。

「分かりました。では、西条さんに連絡させてもらいます」

朝倉も笑って言った。

ゆっくり電話で連絡できる場所を探すため、朝倉たちは大通りを進み始めた。

## 3

東邦新聞社の記者が持ち込んだ特ダネに、捜査本部は沸き立った。

ただちに京都府警に連絡が取られると共に、本部の刑事たちが京都へ急行した。また、警視庁でも梅はること藤原真琴、梅ちよこと桐石四葉の身元を確認するため、向島に捜査員を派遣した。

捜査の結果、被害者の二人が、それぞれ藤原真琴、桐石四葉であることが確認された。そして、豊橋で発見された血痕が藤原真琴のもので、東京の血痕が桐石四葉のものだということも分かった。

同時に、やはり正体不明だった防犯カメラの二人の男たちの素性も、少しずつ判明していった。

梅はると梅ちよが所属していた置屋や、馴染《なじ》みの茶屋、料亭といった祇園筋への聞き込みをするうち、重要な事実が浮かび上がってきた。それは、五年前、梅はると梅ちよが祇園を出る直前に、質《たち》の悪い男たちに付きまとわれて迷惑していたらしい、という事実だ。

その付きまとっていた男たちは今枝光一《いまえだこういち》、陽次《ようじ》という兄弟だった。過去に違法賭博《とばく》や傷害、恐喝などで逮捕された前科のある、札付きのワルだ。暴力団関係者との繋がりもあったという。

更に聞き込みを重ねるうち、新幹線の防犯カメラに映った二人の男こそが今枝兄弟に間違いない、という複数の証言が得られた。実の兄弟であったからこそ、両者の風貌《ふうぼう》が瓜二《うりふた》つだったのか、と捜査員たちは納得したものだった。また、今でもたまに連絡を取り合っているという飲食店経営者から、二人の住所も聞き出すことができた。

現在、兄の光一は愛知県豊橋市に在住し、弟の陽次は東京都渋谷《しぶや》区のマンションに住んでいるという。これはまさに、これまでの捜査の結果と合致する情報だった。

決定的だったのは、血痕が見つかった豊橋のウィークリーマンションで発見された指紋が、光一のものと一致したことだった。マンション内の指紋はほとんど全て拭《ふ》き取られていたが、一ヵ所だけ、浴室の扉の取っ手に拭き忘れと思われる指紋が残っていたのだ。

捜査本部は警視庁及び愛知県警に連絡して、ただちに二人の身柄を確保するよう要請した。

被害者の身元が判明した後、丸一日も経過しないうちに、トントン拍子で捜査は進んでいった。しかし、事件の構図には、まだ肝心なところで不明な箇所があった。それは、今枝兄弟は何をネタにして梅はるたちに付きまとっていたのか、という点だ。

今枝兄弟が単に難癖をつけて梅はるたちに迷惑をかけていただけなら、何しろ観光都市の顔でもある芸舞妓にかかわる話だ、警察に届け出るだけで、あっという間に問題は解決していただろう。

だが、実際は逆に、梅はるたちが逃げるように祇園を離れている。これは、今枝兄弟に付きまとわれても警察に届け出られないだけの事情があったとしか考えられない。当時の事情が今回の事件にも深く関わっていると推察されるだけに、こちらの方面の捜査も疎《おろそ》かにはできなかった。

その捜査の鍵を握っていると思われる人物が、京織堂社長の大八木だった。情報を提供した東邦新聞社の記者によれば、大八木は五年前の問題に関与しているだけでなく、死体に添えられていたメッセージにも何か心当たりがあるらしい、という話だった。

最重要参考人への接触ということで、慎重を期し、捜査本部から利根川警部補が派遣されて事情聴取に当たることになった。

九月二十三日の午後二時、利根川は京都府警本部の刑事二人と共に、京織堂の事務所を訪れ、大八木と面会した。本来ならば警察署の取調室で締め上げたいところだったが、現状では、大八木の事件の関与を直接示す証拠はなく、任意での同行を求めるのも難しかった。

「さあ、確かに梅はるたちから、ストーカーの被害に遭っとるとか何とかいう相談を受けた覚えはあります。せやけど、ワシとしてはどうにもできへん、困っとるなら警察に届けなさい、とアドバイスしただけですわ」

強面《こわもて》の刑事たちに取り囲まれても、大八木は萎縮する様子はなく、むしろふて腐れたような態度を見せていた。

「その相談の内容について、もっと詳しく思い出してくれませんかね」

「そう言われてもなあ。ワシかて自分の仕事であれこれ問題を抱えて、その鬱憤《うっぷん》を晴らすためにお座敷遊びをしとるゆうのに、そこでまた面倒な相談を持ち込まれてはかなわんということで、つい聞き流してしまいましてな。後になって、梅はるたちが急に屋形を辞めたという話を聞いたときには、もっと真面目に相談にのってやれば良かったと、悔やんだもんですわ」

「では、死体に添えられていたメッセージに何か心当たりは？『鬼は横道などせぬものを』という文言で、酒呑童子の台詞らしいですが」

「さあ、ワシは子供の頃から商売事ばかりを仕込まれてきた人間で、酒呑童子がどうたらといった歴史の教養はまるで欠けとるもんですから、何のことやらさっぱりですわ」

どれだけ厳しく追及しても、大八木はのらりくらりとかわすだけだった。

結局、一時間ほどの事情聴取で、得られたものは何もなかった。利根川は渋面《じゅうめん》で協力への感謝を述べて、京織堂を後にした。

「とんだ骨折り損でしたなあ」

京都府警の刑事が、いたわりとも皮肉ともつかない、やんわりした口調で言う。

利根川は無言で頷き、捜査車両に乗り込んだ。刑事の勘で言うなら、大八木は間違いなく事件に関わっているし、何か重要な情報を隠しているのは確かだった。しかし、あの大八木の傲然《ごうぜん》とした態度からすれば、よほど決定的な証拠を摑んで突きつけない限り、口を割らせるのは不可能だろう。

京都府警本部まで送ってもらった後、利根川は暗澹《あんたん》とした気分で、捜査本部の白石警部に報告の連絡を入れることにした。

京都での事情聴取が空振りに終わったという報告

は、白石を落胆させたが、実はその連絡の直前に、もっとやっかいな報告が捜査本部へ届けられていた。

それは、豊橋市で今枝光一の行方を追っている捜査員からの報告だった。

「今枝光一のいきつけのスナックを当たったときに、経営者の女から妙な証言を得まして。これをどう受け止めればいいのか、正直困惑しております」

電話口で、部下の若い刑事がおずおずと切り出してくる。

「もったいぶった前置きはいい。どんな証言があったというんだ」

白石は苛立ちを押さえながら応じる。

「それが、事件当時の九月十八日、午後三時頃から今枝光一は馴染みの雀荘《ジャンそう》に顔を出し、経営者の女を含めた顔見知りと、午後六時半頃までずっと卓を囲んでいたと言うんです。途中、席を立ってトイレに行ったことはありますが、店からは一歩も外に出ていないそうです。他のメンツからも話を聞きまして、裏付けを取りました」

「だからどうしたと言うんだ。被害者の死亡推定時刻は午後二時から三時までの間だ。女を殺して、死体の首を切断し、スーツケースに詰め込んだ後に、雀荘へ顔を出したというだけじゃないのか。そして、午後六時半になった時点で店を出て、自宅のスーツケースを回収してから、午後八時四十六分に豊橋駅でひかり５３４号に乗ったんだ」

「ですが、もしそうだとすれば、今枝光一はいつどこで死体の頭部を交換したんでしょうか？」

部下の言葉に、白石は一瞬絶句した。

確かに、二人の女の死体は、頭部を入れ替えた後でスーツケースに詰め込まれていた。つまり、殺人が行われた後、どこかの時点で頭部の交換が行われていなければならない。

「……いや、待て、必ずしも不可能というわけじゃない。弟の陽次が東京で女を殺した後、頭部を豊橋市まで運び、兄のマンションへ行ってもう一人の女の頭部と交換して、東京へ持ち帰ったという可能性もある。これなら、光一がずっと雀荘に居ても、何の問題もないことになる」

「ああ、なるほど」

部下はほっとしたように言った。

「とにかく、そっちは余計なことを気にせず、今枝光一の行方を追うことに専念してくれ」

「了解しました」

部下は元気な声で応じ、電話を切った。

だが、電話を終えた後、白石自身は深い疑念に囚われて、ひどい頭痛に襲われていた。

部下の疑問に対してああ答えはしたが、自分でもそれが正解だと信じているわけではなかった。逆に、ここに至って、ようやく犯人たちの忌まわしい企《たくら》みの正体が明らかになったのではないかと、嫌な予感を覚えていた。

なぜ死体の頭部をすげ替えてスーツケースに詰め込み、新幹線の中で発見させるなどという手間のかかる工作をしたのか。もしかしたら、それは犯人たちのアリバイ工作だったのかもしれない。だとすれば、兄のアリバイだけ証明して、弟の方はすっぽり抜け落ちるなどという間の抜けたことをするはずがない。

白石は頭痛がやや治まるのを待ってから、のろのろと携帯を手に取り、東京へ派遣した部下に連絡を取った。

白石が予感していたとおり、今枝陽次のアリバイを確認するのに手間はかからなかった。

「今枝陽次は、午後三時七分に友人たちと渋谷区にあるカラオケ店に入り、午後六時五分に退店しています。これはレジの記録ではっきりしている時間です。また、途中で何度か部屋に飲み物を運んだという店員からも、裏付けの証言が得られました」

部下の報告を聞きながら、白石は今枝兄弟が嘲笑《あざわら》う顔を想像した。事件の当日に、二人揃ってこれだけ明確なアリバイがあるというのは、強い計画性を感じずにはいられない。

電話を終えた後、白石は手空きの部下を呼び、時刻表を持ってこさせた。

無駄を承知の上で確認してみたが、やはり、今枝兄弟がそれぞれ東京〜豊橋間を行き来するのは不可能だった。

仮に、今枝光一が午後六時半に雀荘を出た後、まっすぐに豊橋駅に向かって新幹線に乗り込んだとする。その場合、最速で東京に着くのは、午後六時四十六分に豊橋駅発の『ひかり530号』になる。だが、それでも、この新幹線が東京駅に到着するのは午後八時十分だ。そこから、とんぼ返りで戻ったところで、死体入りのスーツケースを乗せたひかり534号が豊橋駅を発《た》つ午後八時四十六分には、どうやっても間に合わない。

逆に、弟の陽次の場合、カラオケ店を出た後、どうにか二十分で東京駅に辿り着けたとしても、豊橋駅に最も早く着ける新幹線は午後六時二十六分発の『こだま679号』となる。この列車は午後八時四十分に豊橋駅に到着するが、そこから一番早く東京駅まで引き返せるのは、例のひかり534号ということになってしまう。これでは、東京に戻ってのぞみ431号に死体を乗せるどころの話ではない。

最後の可能性として、今枝兄弟は東京〜豊橋間を行き来したのではなく、それぞれが新幹線に乗ってどこか途中の駅で落ち合い、頭部を交換した上で、また元の駅に引き返した、という計画を考えてみた。だが、白石はその実現可能性を自分で確認する気力はなく、先ほどの部下を呼び、事情を説明して

9月18日　今枝兄弟のアリバイ

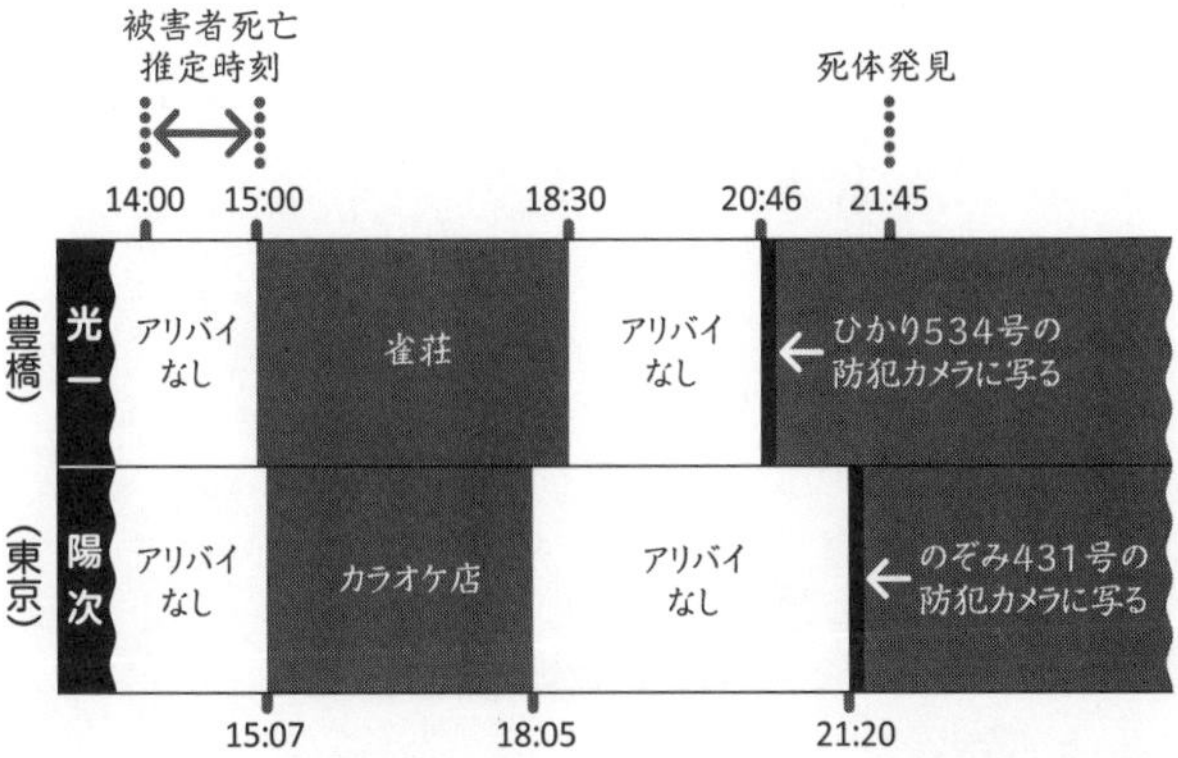


確認に当たらせた。

部下は三十分ほども時刻表や携帯電話とにらめっこしながら、懸命に確認作業を続けていたが、やがて力無い溜《た》め息《いき》と共に顔を上げて、結果を報告した。

「駄目ですね。今枝光一が午後七時五十一分に新横浜でひかり530号を下りたとしても、どうやっても午後八時四十六分までには豊橋駅に戻ることはできません」

「そうか……」

予想通りの答えに、もはや白石は落胆することもなかった。

それでも、念のため、自分の推論に穴がないかを確認するため、会議室に残っていた部下たちを集めて、改めてこれまでの経緯を説明した。

部下たちはそれぞれ、発着時刻を書き留めたメモや時刻表を手に、必死に確認を行った。

白石は半ば諦めてはいたが、部下たちの懸命の努力が何か突破口を見出してくれるのではないか、という淡い期待も抱いていた。

「たとえば、今枝光一は、豊橋駅からひかり530号に乗ったのではなく、一本後の『こだま676号』に乗ったというのはどうでしょう」

ふいに、そんな声が上がった。手を挙げて白石の方を見ているのは、捜査本部の応援に駆り出されている制服姿の若い警官だった。

「こだま676号に乗ったらどうなるというんだ?」

白石は若い警官の側まで行って尋ねた。

「それなら、発車時刻は午後七時二分になってしまいますが、途中の停車駅の浜松《はままつ》、掛川《かけがわ》、静岡《しずおか》などで相手と落ち合うことができます」

「なるほど……よし、その線で調べてみてくれ」

「はい!」

若い警官は発奮した様子で、確認作業に取りかかった。

白石がじっと隣で見守っていても、警官は気にかける様子もなく夢中で時刻表を捲っていた。そして、十分ほどが過ぎたところで、興奮した声を上げる。

「やりました、見つけましたよ! これならどうにかアリバイが崩せるはずです」

「いいぞ、説明してくれ」

白石は冷静な態度を崩さず、横から時刻表を覗き込んだ。

「まず、今枝光一が豊橋駅でこだま676号に乗ると、午後七時四十六分に静岡駅へ着くことになります。ここで光一は下車して下り方面のホームに移動し、弟の到着を待ちます。一方、陽次は東京駅で午後六時二十六分のこだま679号に乗ります。この列車は静岡駅に午後七時五十一分に到着しますの

静岡駅での頭部交換

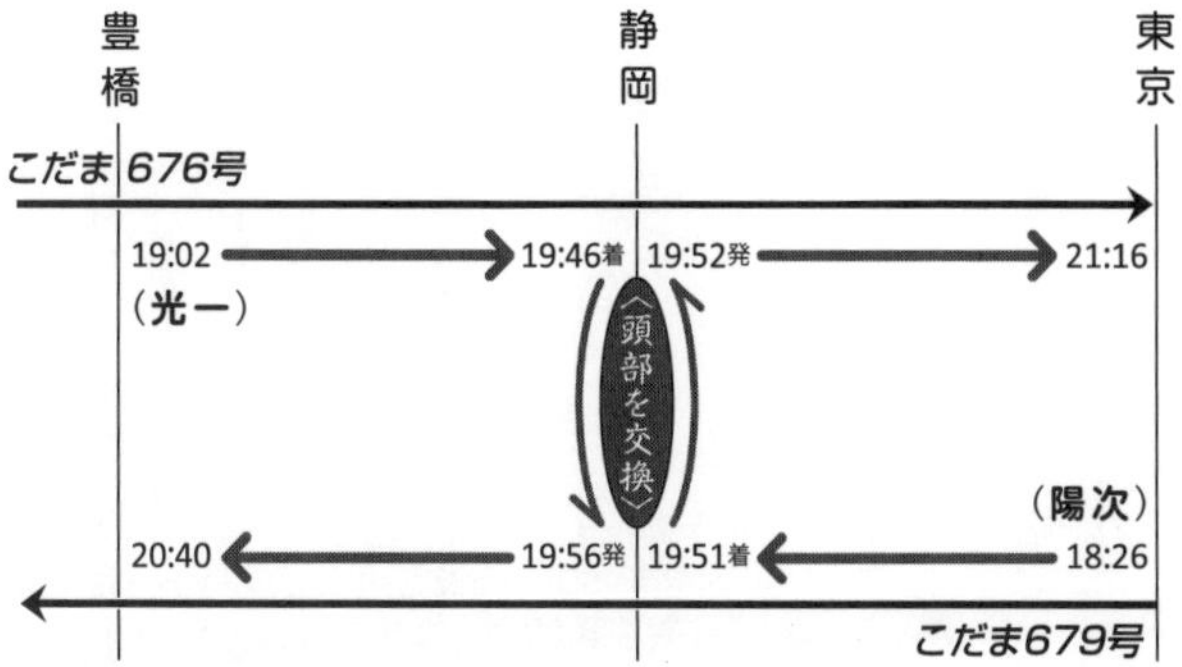


で、二人はここで落ち合って、頭部を交換したんです」

「よし、その後はどうなる？」

「光一はそのまま弟と入れ違いにこだま６７９号に乗り込みます。そうすれば、午後八時四十分には豊橋駅に着きますので、そこで交換してきた頭部をスーツケースに入れて、午後八時四十六分発のひかり５３４号に乗るわけです」

「なるほど。では、陽次の方はどうなんだ？」

「陽次は静岡駅で上り方面のホームへ移動して、停車しているこだま６７６号に乗り込みます。この列車は午後七時五十二分に静岡駅を発ち、午後九時十六分に東京駅に到着します。そこから急いで午後九時二十分発ののぞみ４３１号に乗り換えるわけです。乗り換え時間が四分しかないというのは厳しいかもしれませんが、決して不可能ではないと思います」

「待ってくれ、仮に東京駅での乗り換えが何とかなるとしても、その前に、静岡駅での乗り換えの方が難しいんじゃないのか？　陽次の場合、午後七時五十一分に到着して午後七時五十二分のこだまに乗るんじゃ、一分ほどしかないぞ」

「ええ、そういう計算になりますね……」

そこで初めて、若い警官は自信を失ったような顔になる。

「東海道新幹線で、対面乗り換えのホームはあったかな？　それなら、一分の乗り換えでも間に合うかもしれんが」

「確認してみます」

部下の一人が携帯を取り出して調べ始め、すぐに、

「少なくとも静岡駅の場合、一度階段を下りて連絡通路を渡り、向かいのホームに移らなければなりませんね」

と報告した。

白石は腕組みをして小さく唸《うな》った。さすがにたった一分で通路を渡って乗り換えるのは困難なように思える。頭部を交換するときの手間を考えれば尚更だ。

「……ともかく、静岡県警に要請して、駅での目撃情報がないか確認してもらおう」

「了解しました」

部下の一人がさっそく電話に飛びつき、連絡を取り始めた。静岡県警に対しても初期段階で協力要請をしてあったので、迅速に対応してもらえるだろう。

白石は祈るような気持ちで結果を待った。何しろ、今枝兄弟のアリバイを突き崩せるとすれば、この一分の乗り換えの可能性に賭《か》けるしかないのだから。

このわずかな間隙を見出した若い警官も、緊張に

頬を硬くしてじっと待っていた。

結果を伝える電話があったのは、一時間ほどが経ってからだった。

初めは勢い込んで対応していた部下だったが、やがてその表情が暗くなっていくのを見て、白石は結果を悟った。

やがて受話器を置いた部下は、おずおずと白石の方を振り返った。

「どうも、駄目だったようです。静岡県警の方では、駅員に今枝兄弟の写真を見せながら聞き込みをしてくれたようなんですが、そういった人物は見かけなかった、とのことだったそうです」

「駅員が見落とした可能性は?」

「それが、ちょうどこだま679号とこだま676号が発着する間、ずっと連絡通路に立っていた駅員がいたらしいんです。もし下りホームから上りホームまで大急ぎで移動するような男がいれば、かなり目立つはずだから、決して見逃したりしないと断言していたそうです。他に、在来線との乗り換え口のところに警備員が立っていたんですが、そちらもやはり同じような証言をしたそうでして」

「そうか……分かった」

落胆が顔に出ないよう努めながら、白石は部下たちの顔を見回した。

部下たちは揃って残念そうな顔をしていたが、中でもあの若い警官は肩を落として虚《うつ》ろな表情を浮かべていた。

「着眼点自体は良かったんだ。たとえ結果に結びつかなくても、そうした閃《ひらめ》きの積み重ねが、捜査を前に進めるんだぞ」

白石は若い警官の肩をぽんと叩いて、そう言葉をかけた。

警官は顔を上げ、わずかに表情を緩めた。

「ともかく、ご苦労だった。俺はこの一件を上に報告してくるとしよう」

白石は部下たちをねぎらってから、会議室を後にした。向かった先は刑事部屋の大江警視の席だった。

書類をチェックしていた大江は、気配に気付いて顔を上げ、じっと白石の顔を見つめた。

「……どうやら、悪い報告らしいな」

「はい。もし今枝兄弟が今回の事件の犯人だった場合、それぞれが東京、豊橋で女を殺すことができても、死体を新幹線に乗せる前に頭部を交換するのは不可能だったことが判明しました」

そう前置きしてから、白石は詳しい事情を説明した。

「……なるほど、意味不明に思えた犯人の工作は、実はアリバイの証明が目的だったというわけか」

大江は冷静な口調で言った。

「このアリバイを崩さない限りは、今枝兄弟の居所を突き止めたとしても、逮捕することは不可能です。任意で引っ張って締め上げたとしても、連中が口を割るとは思えません。何しろ、札付きのワルである上に、これだけの計画を思いつくほど狡猾《こうかつ》なわけですからね」

「ともかく、本部長たちには私の方から報告しておこう。色々とご意見をたまわった上で、今後の方針について私が決定を下す。それまで、君たちは引き続き今枝兄弟の捜索に当たってくれ。たとえ現状では逮捕ができないにしてもな」

「了解しました」

白石は、最も困難な状況に直面した今、捜査の全責任を引き受けようとする大江に、敬意と感謝の念を抱いた。

# 第四章

## 1

九月二十三日、土曜祝日。朝倉は午前十一時半に目覚めた。

平常なら、いつもこれくらいの時間に起きているのだが、ここ数日は早起きが続いたので、久しぶりにゆっくりと眠れた気がした。

朝倉が宿泊しているのは、前回と同じホテルだった。顔を洗って服を着替えると、部屋を出て一階のカフェに下りる。

カフェは空いており、朝倉は店に用意された全国紙を三つほど手に取って、席に座った。注文を取りに来たウェイターにコーヒーだけ頼み、さっそく新聞を広げる。

どの新聞も、一面で新幹線同時死体遺棄事件の続報を伝えていた。ただし、朝刊で被害者の身元が判明したことを伝えているのは、東邦新聞だけだった。こういう一社だけのスクープ記事というのがどれほどの手柄になるのか分からないが、多少は津村に情報提供の恩返しができただろうか。

運ばれたコーヒーを飲みながら、ゆっくり新聞記事に目を通しているうちに、携帯電話が鳴り始めた。百合からの連絡かと思ったが、表示されているのは一乃の名前だった。

「もしもし、朝倉ですが」

「あ、先生、お世話になっております、東邦新聞の西条です。先生は今、どちらにいらっしゃいますか?」

一乃は慌ただしく尋ねてくる。

「まだ京都にいるよ」

「あ、そうなんですね。でしたら、私もそちらへ行って、先生と合流しても構いませんか？」

「え？　どうしてまた急に？」

「実は、さっき社会部の方からうちの編集長に連絡があって、わざわざお礼を言ってきたんですよ。私からの情報提供のお陰で、一社独占のスクープ記事を載せられた、って。そのせいで、私は編集長から呼び出しを受けて、詳しい事情を説明しなきゃいけなくなったんです。ほんと、余計なことをしてくれちゃって」

「で、この一件に僕が関わっていることがばれたわけか」

「そうなんです。編集長に、他社の編集者が付きっきりで先生の取材のお手伝いをしてるっていうのに、お前は編集部で何をのんきにやってるんだ、って叱られまして。それで、私も先生のお供をさせてもらおうと思ったんです。……ご迷惑でしょうかね？」

「いや、迷惑ってことはないけど……」

「良かった。それじゃあ、今から自宅に帰って支度をして、夜にはそちらに着けるようにします。また後ほど、到着時間が分かったらご連絡しますので」

一乃は忙しげに言って電話を切った。

思いがけない押しかけ助手だが、今後も津村からの情報をあてにするなら、一乃が側《そば》にいてくれた方が便利かもしれない。

何となく、のんびりくつろぐ気分も吹き飛んだ気がして、朝倉はコーヒーの残りを飲み干すと、カフェを出て部屋に戻ることにした。

百合から連絡があったのは、午後一時過ぎだった。

「朝倉さん、ご連絡が遅くなって申し訳ありませんでした」

「いえいえ。お陰さまでお仕事の方は片付きましたか?」

「はい、お陰さまでどうにか」

昼前まで惰眠を貪《むさぼ》っていた朝倉と違い、百合は朝から会社に出て、この数日で溜まっていた案件を片付けていたらしい。

「では、午後からの調査は予定通りで構いませんか?」

朝倉は気を遣いながら尋ねた。予定では、この後、大八木や梅はるたちが関わった五年前の事件とは何なのか、調査することになっていた。

梅はるたちの死体をスーツケースに入れて新幹線に乗せた二人の男が、今枝兄弟だと判明したという情報は、津村から伝えられている。この五人の名が出てくる事件が存在するのかどうか、四条通信社の資料室で探すつもりだった。

「それがですね、実は、さっき芝つるのおかあさんから連絡がありまして」

「川北さんから?」

「はい。昼前に、昨日私たちがお会いした広瀬夕子さんから電話があったそうなんです。今朝の朝刊を見て、梅はるさんたちが殺されたことを知って、びっくりして電話をしてきたらしいんですが……」

「ああ、そうでしょうね」

夕子に話を聞きに行った際は、事件のことを伏せてあった。昔の朋輩の名前を新聞で目にした夕子が驚くのも当然だろう。

「夕子さんは、新聞に載っている以上のことを私たちが知っているんじゃないかと思って、会って話を聞きたいそうなんです。いかがでしょうか?」

「もちろん、お会いしますよ」

こちらが話を聞くだけ聞いて、向こうの頼みは拒むというのでは申し訳ない。

「ありがとうございます。きっと芝つるのおかあさんもほっとすると思います」

それから少し相談をして、午後二時半に夕子と待ち合わせすることにした。

「では、おかあさんに連絡した後、ホテルへ迎えに上がりますので」

「よろしくお願いします」

朝倉は電話を終えると、ホテルのロビーへ下りて百合を待つことにした。

三十分ほどで、百合はホテルに姿を現した。もう堅苦しくスーツ姿で会う必要もないと考えてくれているのか、今日の百合はブルーのノースリーブのニットに薄手のカーディガン、下は白のパンツという服装だった。

夕子との待ち合わせ場所は、四条通にある喫茶店になったそうだ。ホテルから徒歩でも近いそうなので、しばらくロビーで話をしてから、約束の時間の十五分前に席を立った。


店にはちょうど午後二時半に着いた。

夕子は窓際のテーブル席に座っていたが、朝倉たちに気付くと、急いで席を立ってお辞儀をして迎えた。

「どうもお待たせしました」

朝倉たちは挨拶して、席に座った。やってきた店員に飲み物を頼む。

「今日は無理を言って済みませんでした」

店員が去っていくと、夕子は頭を下げながら改めて言った。

「いえ、こちらこそ、昨日は事件のことを伏せていて済みませんでした。梅はるさんたちの事件のことを言えば、広瀬さんがショックを受けるのではないかと思いまして」

「ええ、きっと動転して、お話しするどころではなかったと思います」

夕子は暗い表情で目を伏せ、手にしたハンカチをぎゅっと握りしめた。同じ屋根の下で暮らした朋輩のことは、今でも姉妹のように感じているのかもしれない。

　しばらくして、夕子は気持ちの高ぶりを抑え込んだ様子で、視線を上げた。

「それで、朝倉さんたちは、今回の事件のことにお詳しいんでしょうか?」

「そうですね、これまで色々と調査をしてきましたし、知人の新聞記者から警察の情報を手に入れられたので、マスコミで発表されている以上のことは分かっています」

「私にも、事件のことを詳しく教えていただけないでしょうか?　私だけでなく、昔梅はるちゃんたちを世話していた竹田のおかあさんも、今回のことでひどく取り乱して、とにかく詳しい事情を知りたいと言ってまして」

「分かりました」

　朝倉は頷いた。

　そこへ店員が注文した飲み物を運んできた。店員がグラスを並べ終えて去っていくのを待ってから、朝倉は事件について自分たちが知り得る限りのことを夕子に語って聞かせた。

　夕子は青ざめた顔で朝倉の説明に聞き入っていた。二人の死体が発見されたときの生々しい状況を聞いたときには、耐え切れなくなったように目を伏せた。

「……以上が、僕たちが調査した内容です」

　最後にそう言って朝倉が説明を終えると、夕子は事件の全体像をもう一度頭の中で整理するように、しばらくうつむいてじっとしていた。

「……ありがとうございました。よく分かりました」

　やがて夕子は顔を上げてそう言うと、

「それで、警察の方では、もう犯人の目星をつけているんでしょうか？」

と尋ねてきた。

「ええ、そのようです。ただし、マスコミに対して報道規制をかけていまして、しばらくは容疑者の詳細が世間に伝えられることはないと思いますが」

「それが誰なのか、私にも教えていただけないでしょうか？　もちろん、決して他言しないとお約束します」

「それは……」

朝倉は少し迷ってから、

「……分かりました。お教えしましょう。現在のところ警察が容疑者としてマークしているのは、今枝光一、陽次という兄弟のようです」

「今枝光一、陽次……」

夕子は記憶を探るような表情で、その名前を繰り返した。

「ご存知の名前ですか？」

「いえ、初めて耳にする名前だと思います。ただ……」

「何か心当たりが？」

「もしかしたら、あのときの二人組が、その今枝兄弟だったのかもしれない、と思いまして」

夕子の言葉に、朝倉ははっとして百合と視線を交わした。

「その話を詳しく教えてもらえませんか？」

「はい。実を言うと、昨日朝倉さんたちにお会いした後、ふっと思い出したことがあるんです。別れ際に、朝倉さんは酒呑童子の台詞について何か仰っていましたよね？」

「ええ」

「そのことが妙に引っかかって、あれこれ考えているうちに、昔の記憶が蘇《よみがえ》りまして。朝倉さんたちにご連絡して、それを伝えようかと思ったんですが、下手なことを言えば梅はるちゃんたちに迷惑がかかるかもしれないとも思い、迷っていたんです。でも、その二人が殺されてしまった以上、隠し立てしたところで仕方がありません。それに、犯人を捕まえるための手がかりになるかもしれませんし」

　夕子は表情を引き締めて言うと、

「……あれは、梅はるちゃんたちが祇園を出る少し前のことだったと思います。その頃、私はもう自前の芸妓になっていたんですが、着付けのときに屋形の部屋を借りたりしていたので、毎日のように竹田に顔を出していました。それで、ある日の夕方、裏口から竹田に入ろうとしたとき、路地裏に梅はるちゃんがいるのに気付きました。梅はるちゃんは、いかにも柄の悪そうな二人組の男と向き合っていて、何か声を潜めて話をしている様子でした。私、梅はるちゃんが質の悪い男に絡まれてるんじゃないかと思って、とりあえず声をかけようとしたんです。そのとき、男の一人が、飲酒運転で轢《ひ》き逃げ、という言葉を口にしたのが耳に入りました」

「飲酒運転……」

　その言葉を聞いて、朝倉にはぴんとくるものがあった。もしかして、酒呑童子の言葉が残されていたのは、その過去を示唆するためだったのではないだろうか。

「それからどうなったんですか？」

　百合が話の続きを促した。

「私が近付いてくるのに気付いた男たちは、また連絡すると言って、その場から離れていきました。梅はるちゃんは青ざめた顔をしていて、私は心配して事情を尋ねたのですが、大丈夫だから心配しなくて良い、と言い張るだけで、結局、どんな問題を抱えているのか打ち明けてくれることはありませんでした」

「そうでしたか……京織堂の社長さんも、そこに何か関係しているんでしょうか？」

朝倉は尋ねた。

「さあ、それ以上のことは、本当に私も何も知らないんです。ただ、当時、梅はるちゃんと梅ちよちゃんは、お座敷に呼ばれたわけでもないのに、二人で連れ立ってよく京織堂の社長さんに会いに行っていたそうで、何か言い争っているような姿を目撃されたこともあります。私には無関係だとは思えません」

夕子はきっぱりと言い切った。

確かに、酒呑童子のメッセージについて聞いたときの大八木の反応からすると、深く関わっているのは間違いないだろう。

それから更に幾つか質問をしてみたが、これ以上の情報は聞き出せなかった。

「貴重なお話を聞かせていただき、ありがとうございました」

最後に朝倉はそう言って頭を下げた。

「いえ、こちらこそ、急なお願いをして申し訳ありませんでした」

夕子も頭を下げてから、

「……梅はるちゃんたちを殺した犯人は、捕まるでしょうか？」

「ええ、きっと近いうちに逮捕されると思います」

「そうですか。でしたら、梅はるちゃんたちも少しは浮かばれますよね」

夕子は目元に涙をにじませながら言った。

2

喫茶店を出て夕子と別れたときには、午後四時を過ぎていた。

朝倉は考えをまとめたくて、しばらく通りを歩くことにした。鴨川まで出ると、川沿いの道へ下りて上流に向かう。百合は朝倉の思案を邪魔しないように配慮してか、少し離れて後に続いていた。

日が傾くと、暑さも和らぎ、川面を渡ってくる風が心地よかった。川縁《かわべり》に並んで座るカップルの姿も目につき始める。

三条大橋《さんじょうおおはし》のたもとまで辿り着いたとき、ふいに朝倉の携帯電話が鳴り始めた。思案を破られた朝倉が携帯を取り出すと、一乃からの電話だった。

「あ、先生、お疲れ様です、西条です。今、東京駅にいまして、いまから新幹線に乗るんで、七時十分頃に京都駅に着くと思います。それから先生がお泊まりの宿に伺いますので、ホテルの名前を教えてくれませんか?」

「分かった」

朝倉はホテル名と場所を教えた。

「それでは、また後ほどお目にかかりましょう」

一乃の言葉に被《かぶ》さるように、発車を伝えるアナウンスの声が聞こえてきて、電話は切れた。

「今のは西条さんですか?」

百合が尋ねてくる。この後、一乃が合流することはすでに教えてあった。

「そうです。午後七時過ぎに京都に着くそうです」

「では、それまでの間、どうしましょう?」

「とりあえず、どこかへ食事にでも行きましょうか。実は、朝から何も食べていなくて」

「あ、そうだったんですね。では、何か美味しいものでも」

朝倉たちは三条通へ上がり、タクシーを拾った。

百合が案内してくれたのは、江戸時代から続いているという老舗の料理屋だった。鮎《あゆ》料理が名物で、毎日漁師から仕入れるという新鮮な素材を用いているそうだ。開店時刻の五時を過ぎたばかりで、一番の客として席に案内された。

鮎づくしのコース料理を注文すると、塩焼き、お造り、雑炊などが次々と運ばれてくる。どの料理にも、獲れたての天然鮎でなければ味わえない、爽やかな清流の香りが満ちていた。

今日の調査はもうこれで切り上げることにして、食前に鮎の骨酒というのも頼んでいた。かりかりに塩焼きにした鮎を熱燗《あつかん》に浸したもので、口に含むと濃い旨味が広がる。百合にも勧めてみると、では少しだけ、と盃に酒を受けた。

空きっ腹だったせいか鮎の骨酒がかなり効いて、食事を終える頃には朝倉は少し酔ってしまっていた。

店を出てタクシーに乗ったが、このまままっすぐホテルに帰るのは何かもったいない気がして、三条大橋で下ろしてもらうことにした。鴨川沿いを歩いてホテルの方へ向かうことにする。

川岸にずらりと並んだ川床は賑わっていて、楽しげに酔い騒ぐ声が降ってきた。暗い川面を照らす明かりが、何か幻想的な雰囲気を漂わせている。川の縁に並んで座るカップルたちは、夜の闇《やみ》の柔らかさに浸っているようだった。

朝倉はほろ酔い気分で、ぶらぶらと歩いた。百合もちょっとの酒で酔ったのか、言葉少なに隣を歩いている。どうせなら、自分たちも川縁に腰を下ろして語らいたかったが、そこまでずうずうしい申し出をする勇気が朝倉にはなかった。

「……朝倉さん」

ふいに、百合が呼びかけてきた。

見ると、百合は潤んだ目をきらきらと光らせながら、じっと朝倉の顔に視線を注いでいた。何か強い想いを胸に秘めた様子にも感じられ、朝倉はどきりとする。

「な、何でしょう?」

朝倉は掠れた声で応じた。頭の片隅で、一乃には悪いが、場合によってはこのまま宿へ戻らなくてもいいかもしれない、と考える。

しばらく無言で見つめ合っていたが、ふっと百合は微笑を浮かべた。

「前に、私には亡くなった兄がいるっていいましたよね」

「ええ、覚えてます」

「実は、朝倉さんって、その兄に少し似てるんです。顔立ちや背格好なんかは全然違うんですが、何て言うか、じっと何か考え込んでいるときの雰囲気がそっくりで」

「はあ、お兄さんに……」

「済みません、急に変なことを言ってしまって。私も少し酔っちゃったみたいですね」

百合は笑って言うと、目を逸らすように川の方へ顔を向けた。

朝倉はその横顔をぼんやり眺めながら、兄貴に似ているんじゃしょうがない、と胸の内でぼやいた。

やがて四条大橋まで着いたところで、川を離れて通りに上がった。

ホテルに着いたときには午後八時近くになっていた。ロビーを覗いてみたが、まだ一乃は到着していないようだった。

朝倉たちはテーブルの一つに座り、買ってきたペットボトルの水を飲みながら、酔いを覚ました。

「あ、先生、お待たせしました!」

一乃の賑やかな声がロビーに響き渡ったのは、午後八時十分を過ぎたときだった。

「いやー、もう参っちゃいますよ。タクシーの運転手さんがけっこう年配なのに、この商売を始めたばかりだとか言って、道に迷うんですもん。その辺をぐるぐる回って、やっとホテルに辿り着いたんです。あ、長谷川さん、お疲れ様です」

引いてきたスーツケースをテーブル脇に置きながら、一乃は挨拶した。

「それはご苦労だったね」

朝倉は苦笑してねぎらう。

「あ、そうだ、部屋が空いてるかどうか、フロントで確認してきますので、ちょっとお待ちを」

一乃は荷物を残し、慌ただしくフロントの方へ向かった。

フロント係としばらく交渉して、一乃はテーブルまで戻ってくる。

「良かった、部屋を取れました。これで一安心ですよ」

ほっとした様子で報告し、一乃は席に座った。疲れ切ったようにだらりと足を投げ出す。

「ところで、着いて早々に悪いんだけど、一つ頼みがあってね」

朝倉はそう切り出した。夕方、川沿いを歩きながら思いついたことだ。

「はい、何でしょう」

一乃はさっと姿勢を正して応じた。

「東邦新聞には京都支社があるよね？　そこで、五年前に起きた事故について調べてもらうことはできるかな？」

「事故、ですか？」

「うん。轢き逃げ事件で、京織堂の大八木社長か、梅はると梅ちよ、それとも今枝兄弟が関わっているものがないか、探して欲しいんだ」

京都支社なら、ローカルな事故についても報じているはずだ。朝倉たちが資料室で調べるより、新聞記者に検索してもらった方が早くて正確だろう。

「ええと、たぶん大丈夫だと思いますけど、ともかく津村に問い合わせてみますね」

一乃はスーツケースからモバイルノートパソコンを取り出し、テーブルの上に広げた。パソコンを起動させ、手早くメールを作成して津村に送る。

「津村は今、捜査本部の方へ詰め切りになってまして、ちょっと対応に時間がかかるかもしれないんですけど」

「いや、今すぐ必要な情報ってわけでもないから、気長に待つよ」

もしかしたら、待っている間に警察の方が先に情報を摑むかもしれないが、それならそれでもいいと思っていた。

「ところで、今枝兄弟の行方は摑めたんでしょうか?」

百合が尋ねた。

「ああ、それなんですけど、さっき新幹線の中で津村から続報が入ったんですが、警察でもまだ所在が分かっていないそうです。指名手配をしたくても、今の状況では逮捕状が取れないらしくて」

「逮捕状が取れないって、どうして? だって、防犯カメラに映っていた男たちが今枝兄弟だって、確認は取れたんだろう?」

朝倉は意外に思って尋ねた。

「そういう複数の証言は得られました。ただ、犯人の二人が今枝兄弟だと断定するためには、一つ大きな壁がありまして」

「どんな?」

「二人には完璧《かんぺき》なアリバイがあるんです。死体の首を交換してスーツケースに詰めるのは不可能だというアリバイが」

「アリバイ……。詳しく説明してくれないか」

「分かりました、少々お待ちを」

一乃はパソコンに向き合うと、何か表のようなものを作成し始めた。途中で手を止めて考えるようなこともなく、次々とデータを入力していく。こうした情報処理に関しては、一乃が極めて有能であることはこれまでの経験で分かっていた。

五分ほどで、あっという間に説明資料が完成した。

「どうぞ、こちらをご覧ください」

一乃はパソコンの画面を朝倉と百合の方へ向ける。

そこには、今枝兄弟の行動表や、駅ごとの新幹線の発着時刻などが分かりやすく図式化されていた。

「ご覧のとおり、今枝兄弟にはそれぞれアリバイが証明されている時間がありまして、兄の光一は午後三時頃から午後六時半頃まで、弟の陽次は午後三時七分から午後六時五分までの間、友人たちと一緒に過ごしています。それ以降、どの列車に乗っても、死体入りスーツケースを乗せた新幹線の発車時刻に間に合うよう、兄弟が接触するのは不可能であることが分かりました。となると、お互いに殺した相手の首を交換するのは不可能ということでもありますから、つまり今枝兄弟は今回の同時死体遺棄事件の犯人ではないということになるわけです」

「なるほどね……」

朝倉はじっと画面を見つめながら呟いた。

「捜査本部の中では、やはり新幹線がすれ違うときに死体の首を交換する方法があるんじゃないかと、真面目に検討する声もあるそうです」

一乃は少し肩をすくめながら言って、

「先生はどう思われますか？」

と尋ねてきた。

「……いや、すれ違う新幹線の間で首を交換するなんて根本的にあり得ないよ。やっぱり、今枝兄弟のアリバイの方に何か細工があるはずだ」

朝倉は腕組みすると、ソファの背もたれに体を預け、高い吹き抜けの天井をじっと見上げた。

なるほど、死体の頭部を交換して新幹線に乗せるなどという手間をかけたのは、全て今枝兄弟のアリバイを成立させるための工作だったわけか。

これで謎の一つが解けたことになるが、朝倉はあまりすっきりした気分にはなれなかった。確かに、すとんと納得できる答えなのは間違いない。しかし、本当にそれだけなのだろうか、という微《かす》かな違和感が去らなかった。

朝倉がじっと思案に沈む間、百合と一乃もそれぞれ無言で、視線を辺りにさまよわせていた。

どれくらい時間が経っただろうか、百合と一乃が待ち疲れによる気怠い雰囲気を漂わせ始めたところで、ふいに朝倉が体を起こした。

「よし、こうなったら、やっぱり過去の事件を探ることで真相に迫った方がよさそうだ」

「そうですよね、警察にも崩せないアリバイ工作なんですから、私たちも一時棚上げにした方がいいと思います」

一乃も大きく頷きながら言った。

「え？」

朝倉は意外そうに一乃の顔を見る。

「えっと……違うんですか？　今枝兄弟のアリバイの謎については、また後で考えるってことかと思ったんですけど」

一乃は戸惑った顔で言う。

「ああ、ごめんごめん。自分の中で納得しただけで、まだ説明はしてなかったね。実を言うと、今枝兄弟のアリバイを崩す方法は、もう分かったんだよ。ただ、それで事件の真相に迫れたとは思えないだけでね」

朝倉は笑って応じた。

「えっ、本当ですか？」

「ああ、本当だよ」

「だったら、その方法を私たちにも教えてくれませんか？」

一乃はまだ半信半疑といった顔だった。

「ぜひ、お願いします」

百合も真剣な表情で言う。

「うん、もちろんだよ」

朝倉はそう言うと、しばらく話の順序を頭の中で整理してから、二人に説明を始めた。

「要するに、今枝兄弟の工作のキーポイントは、誰しもが抱くだろう大きな錯覚にあるんだ。その錯覚が、今枝兄弟のアリバイを成立させているんだよ」

「錯覚というと、どんな?」

一乃はぐっと身を乗り出して尋ねてくる。

「今枝兄弟が、東京~豊橋間のどこかで落ち合って死体の頭部を交換した、という錯覚だよ」

「えっ、違うんですか?」

「ああ、違う。二人が頭部を交換するのに、じかに接触する必要なんてなかったんだ」

「じゃあ、どうやって?」

「答えは簡単さ。荷物を交換するのに直接会う必要はない。お互いに荷物を相手に送りつければ済む、ってことだよ」

「……先生、いじわるしないで、早く答えを教えてくださいよ」

「いや、いじわるしてるつもりはないんだけど……つまり、こういうことだよ。今枝光一は午後六時半に雀荘を出ると、急いで豊橋駅に向かう。そして、午後六時四十六分発のひかり530号に、死体の頭部だけを乗せるんだ」

「あっ」

ようやく理解したように、一乃は声を上げた。

「ひかり530号は午後八時十分に東京駅に着くんだから、ホームで待っていた陽次は車両に乗り込んで頭部を回収した後、スーツケースに入れて、改めて午後九時二十分発ののぞみ431号に乗ることができる」

「確かに、そうなりますね」

百合が頷きながら言う。

「一方で陽次の方は、東京駅で午後六時二十六分発のこだま679号に死体の頭部を乗せる。この新幹線は午後八時四十分に豊橋駅に到着するから、待ち

頭部のみ事前に交換

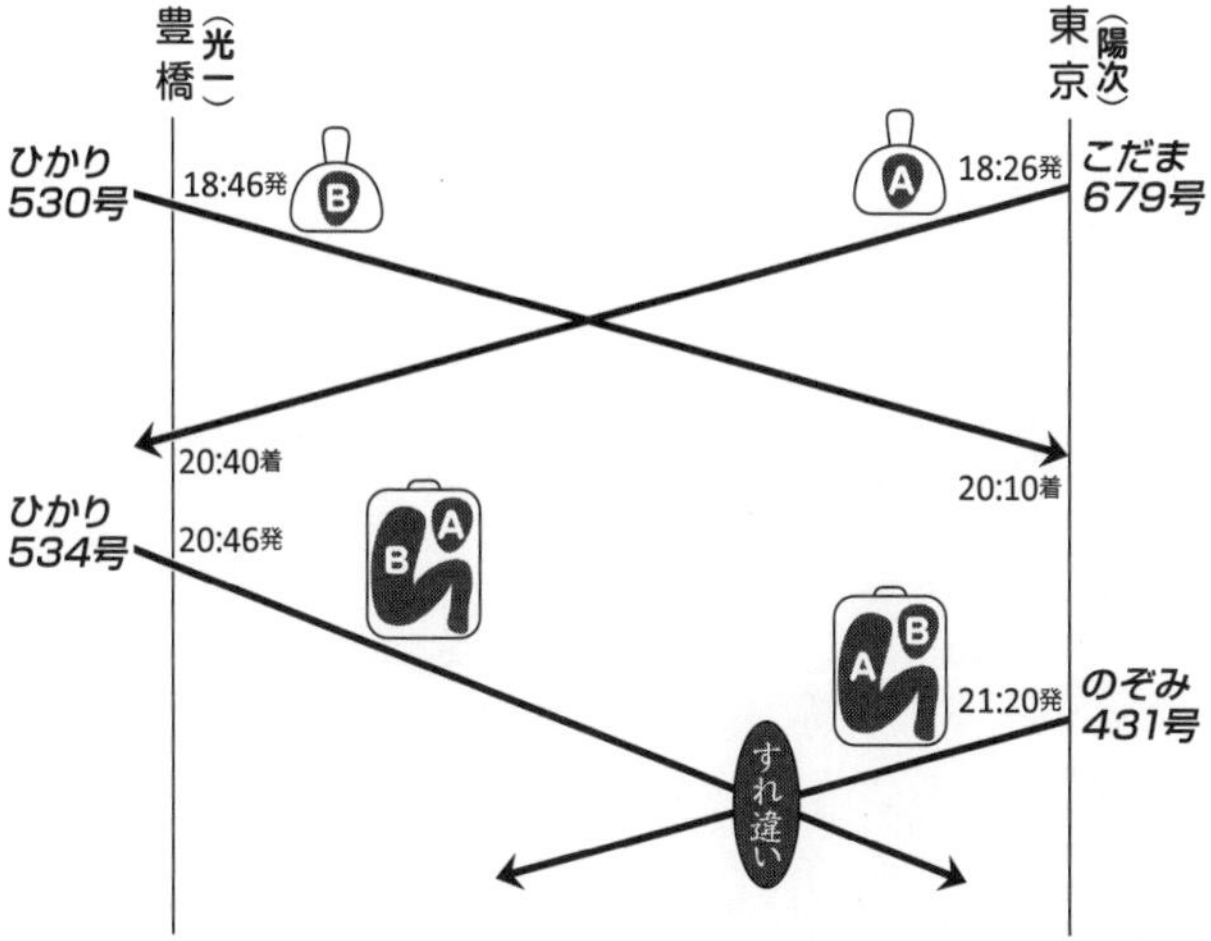


構えていた光一は頭部を回収して上り方面のホームに移動し、午後八時四十六分のひかり534号に乗る。この場合、猶予がたった六分しかないけど、事前に入念な準備をしておけば、決して不可能じゃないだろうね」

「なるほど、なるほど」

一乃は立ち上がって興奮した声を上げると、

「さすがです、先生。これで今枝兄弟のアリバイは崩れましたね！　警察も逮捕状を取って指名手配できるはずです！」

「ちょっと、西条さん、声が大きいよ」

朝倉は辺りを見回しながら、慌てて一乃を制した。

ぽつりぽつりとロビーに座っていた宿泊客たちが、何事かとこちらを見つめている。

「あ、済みません。つい、興奮してしまいまして」

一乃は頭を掻きながらソファに座り直すと、

「それじゃあ、さっそく津村を通じて、この説を警察に伝えてもらいましょう。きっとまた大手柄になりますよ！」

「いや、ちょっとそれは待ってくれないか」

「ええっ、どうしてですか？」

「これはあくまでも机上の論理だからね。実際に今枝兄弟がそうやったという証拠はまだ何もないんだ。素人《しろうと》が下手な口出しをして、捜査を混乱させることになっても困る」

「えー、そうですか？　私は真相はこれ以外にないと思いますけど。それに、先生の説を聞いてどう判断するかは、警察の問題じゃないですか。結果がどうなろうと、先生が責任を感じる必要なんてありませんよ。ねえ、そう思いません？」

と、一乃は百合に同意を求める。

「え、ええ……参考意見という形なら、別に警察の迷惑にはならないと思いますが」

百合は迷うように応じた。

「とにかく、先生。もし警察がこの工作に気付かずに、いつまでも今枝兄弟に手出しできなかったら、何百人という警察官が無駄に働き続けることになるんですよ」

「……だったら、この前と同じように、決して僕の名前は出さず、あくまでも津村さんの意見だという形にしてくれるなら、伝えてもいいよ」

朝倉はまだ気乗りしなかったが、一乃の熱意に押される形で、しぶしぶと認めた。

「やった。それじゃあ、さっそく津村に伝えますね」

一乃はテーブルの上のパソコンを手元に引き寄せ、勢い良くキーボードを叩き始めた。朝倉の説を分かりやすくまとめ、津村に送信するつもりのようだ。

「……はい、送りました。これで今夜中には警察も新たな動きを見せるんじゃないですかね」

メールを送った後、一乃は満足げにソファに背中を預けた。

朝倉は想定外の展開にやや戸惑っていたが、これがまた津村の新たな手柄となるならば、今後も気兼ねなく情報提供を頼めそうだ、と考えることにした。

「……朝倉さん、それでは、今夜のところはこれで」

百合がちらりと壁の時計を見て言った。いつの間にか、時刻は午後十時近くになっていた。

「ああ、そうですね。今日も一日ありがとうございました」

「いえ、こちらこそ。それで、明日の予定はどうしますか？」

「……そうですね、とりあえず津村さんからの連絡を待って、それから今後の方針を決めたいと思います。もし、五年前の轢き逃げ事件のことが分かれば、より詳しく調査しに行くかもしれません。津村さんからの連絡がなくても、正午頃には一度お電話しますので」

「分かりました。私は明日は休日出勤して、朝から会社の方で作業をしているつもりなので、いつでもご連絡ください。では、失礼します」

百合は席を立つと、一乃にも丁寧に一礼してから、ロビーを去っていった。

一乃はその後ろ姿を見送りながら、

「改めて思いましたけど、長谷川さんってきれいな人ですよねー。それに、すごく優秀そうだし」

と憧れるような口調で言った。

「そうだね」

内心では大いに同意しながらも、朝倉は素っ気《そけ》なく相づちを打つだけにした。

「ところで、先生、お食事の方は？」

ふいに思い出したように、一乃は振り返って言った。

「もう済ましたけど」

「お夜食とかはいかがですか？」

「いや、まだお腹はいっぱいなんだ」

「ですよね……」

一乃はがっかりしたようにうなだれて、

「私、その辺のコンビニで晩ご飯買ってきますから、先生はどうぞ部屋に上がって休んでいてください」

と言った。

その一乃のあまりにしょぼくれた姿に、朝倉は思わず笑ってしまった。

「何ですか、先生」

「いや、そこまでがっかりされると気の毒になってね。よし、せっかく休日返上で京都まで来てくれたんだ、どこかで美味しいものでも食べようか」

「いいんですか？」

「お腹はいっぱいだけど、酒だけならもう少し飲めそうだからね」

「やった。それじゃ行きましょう。私、新幹線の中で調べて、何軒か目を付けてる店があるんですよ」

一乃は目を輝かせて言った。

3

翌日、九月二十四日日曜日の朝、朝倉は部屋のドアをしつこくノックする音で目を覚ました。

小さく呻きながら枕元の携帯を手にすると、まだ午前八時を過ぎたばかりだった。朝倉にとっては苦痛なくらいの早起きだ。

半分眠った頭でベッドを下り、ふらふらとドアに向かった。覗き穴を見ると、廊下に立っている一乃の姿が見えた。

「どうしたんだい、こんな朝早くに」

朝倉はドアを開け、欠伸《あくび》をしながら一乃を招き入れた。

「済みません、ついさっき、頼んでおいた調査の結果が送られてきまして、先生も少しでも早く見たいんじゃないかと思いまして」

一乃は顔を洗っただけで化粧もしておらず、服は寝間着として使ったらしいスウェットのままだった。手にはノートパソコンを抱えている。

「本当かい？　で、どうだった？」

朝倉はようやくはっきり目を覚まして尋ねた。

「京都支社の人間に昔の記事を検索してもらったところ、例の五人が直接関わっている事件は見つからなかったそうなんですが、京織堂に関係した飲酒轢き逃げ事件でしたら、五年前に発生していたことが分かりました」

一乃は窓際の小テーブルにノートパソコンを置いて開いた。

朝倉が椅子に座って画面を覗き込むと、新聞記事の画像が表示されていた。

『右京《うきょう》区で轢き逃げ　被害者は死亡』

それが記事の見出しだった。東邦新聞の地方版の記事らしく、日付は五年前の六月五日となっている。

記事によれば、六月四日の未明に、右京区嵯峨野《さがの》の桂《かつら》川《がわ》沿いの道路で轢き逃げ事件が発生していた。被害者は五十八歳の男性で、路上に倒れているのを車で通りかかった女性が発見し、一一九番通報した。被害者は救急車によって病院に運ばれたが、間もなく死亡が確認されたそうだ。

「その続報の記事もあります」

一乃はそう言ってパソコンを操作し、別の画像を表示させた。そこに映っていた記事の見出しは『轢き逃げの容疑者死亡』となっていた。

六月四日未明に発生した轢き逃げ事件について捜査していた警察は、桂川の上流で渓谷に転落している自動車を発見した。車に乗っていた運転手は既に死亡していたが、フロント部分に残っていた痕跡から、この車が轢き逃げ事件を起こしたと判断された。また、死亡した運転手の血中からは、多量のアルコールが検出されていた。このことから、容疑者は飲酒運転をして人を轢いた後、現場から逃走し、そのまま渓谷に転落して死亡したものと警察は見ていた。

更に別の記事には、容疑者の詳しい情報も載っていた。

死亡した容疑者は、風間正人《かざままさと》二十三歳で京織堂に勤めていた。事故を起こした車は会社が所有するもので、風間は普段社長を乗せて運転手を務めることが多かったという。この日も風間は社長を別荘に送り届けており、飲酒運転をしたのはその後だと見られている。また、風間は普段の勤務態度は真面目だったが、十代の頃に傷害致死事件を起こして少年院に入っていた記録が残っている。

風間正人が死亡したのを受けて、この轢き逃げ事件は被疑者死亡のまま書類送検される形で、捜査が終了していた。

「京織堂の社員、か……」

この事故が今回の事件とどう繋がるのか、朝倉は思案を巡らせながら、最後の記事の画像を開いた。

「……えっ」

思わず朝倉が声を出したのは、そこに思いがけない名前が載っていたからだ。

轢き逃げされて死亡したのは付近で農業を営む男性だったが、その名前が『波内博《なみうちひろし》』とあったのだ。

波内、といえば四条通信社の記者の波内と同姓だ。決してよくある名字ではないし、まさか両者に何か繋がりがあるのだろうか。

疑念に囚われた朝倉は、じっと天井を見上げて思案した。一昨日、大八木に対面したいと朝倉が言い出したとき、波内はやけに神経質そうな顔をしていた。あれは、京織堂との関係悪化を懸念していたからではなく、もっと複雑な事情を腹に抱えていたからではないのか。

「……あの、先生、どうかされましたか?」

しばらくして、そっと一乃が尋ねてくる。

「いや、一つ確かめなくちゃいけないことができてね」

朝倉は立ち上がると、ベッドに置いてあった自分の携帯を手に取った。少し迷ってから、百合に電話をかける。

波内の親族について調べて欲しいと頼んだら、百合は素直に協力してくれるだろうか。何しろ、こちらはほんの数日前に知り合ったばかりの関係だが、百合にとって波内は入社以来ずっと世話になっている先輩なのだ。隠れて素性を調査するなど、裏切り行為にも等しいと感じるのではないだろうか。

だが、このまま事件の調査を進めるなら、波内の一件は決して避けて通れない問題となるだろう。百合にも伏せたまま、というわけにはいかない。

数度の呼び出し音の後、電話は繋がった。

「はい、長谷川です」

「あ、朝倉です。朝早くから済みません」

「いえ、もう出社して色々と作業をしてましたので。それで、何かご用ですか?」

「実は……一つ調べてもらいたいことがありまして」

朝倉はためらいを振り切って、事情を説明することにした。

五年前に京織堂社員が起こした轢き逃げ事件の被害者が、波内という姓だったという話を聞くと、百合はしばし絶句した。

「……もしかして、その被害者がうちの波内と何か関係があると？」

やがて気を取り直したように、百合が尋ねてくる。

「その可能性もありますので、僕としては、念のため確認しておきたいんです」

「つまり、波内の家族について調べろということですね？」

「ええ、そうです。お願いできますか？」

百合はしばらく返事をしなかった。

電話口の向こうで長く沈黙が続くうち、朝倉は百合にこんなことを頼んでしまったのを後悔し始めた。

頼みを取り消そう、と朝倉が口を開きかけたところで、やっと百合が返事をした。

「分かりました、その被害者と波内の間に何か関係があるのか、確かめてみます」

「本当ですか？」

「ただし、波内に隠れてこそこそ調べるような真似は、私の立場上できません。波内本人に直接確かめるという形でもよろしいですか？」

百合は決然とした声で言った。

「いや、しかしそれは……」

「こうなった以上、私としても事実を確かめずにはいられません。今更、何も聞かなかったことにはできませんから」

「……分かりました。でしたら、僕もその場に立ち会わせてください」

もはや、朝倉も覚悟を決めるしかなかった。

もし、波内が犯人であるか、あるいは犯行に協力している人間であるなら、真相に迫った百合に危害を加えないとも限らない。万が一の場合は、朝倉が身を挺《てい》してでも百合を守らなければならなかった。

「波内さんは、今日はご自宅にいらっしゃるでしょうか?」

「ええ、たぶん。ただ、午前十時頃にちらりと会社に顔を出すと言っていたので、そのとき話を聞こうと思ってます」

「それじゃあ、僕もそれまでにそちらへ着くようにします。いいですか、もし波内さんが早めにやってきたとしても、決して一人で問い詰めに行くような真似はしないでくださいね」

朝倉は懸命な声で念押しした。

「……分かりました」

百合は声に迷いを残しながらも、約束してくれた。

電話を終えた朝倉は、急いで身支度を整えることにした。

「あの、先生、私はどうすればいいですか?」

事態の急展開に困惑した様子で、一乃が尋ねてきた。どのような状況になっているのかは、横で話を聞いていておおよそは把握しているようだ。

「ああ、西条さんは……とりあえず、ホテルで待機していてくれるかな」

「私もご一緒しなくて大丈夫ですか?」

「プライベートな問題に踏み込んだ質問をするだろうし、あまり部外者は立ち会わない方がいいと思うからね」

本音では、もし一乃を危険な目に遭わせてしまっては、武田に申し訳が立たないと思っていた。

「その代わり、また警察が何か新しい動きを見せたら、すぐに僕に伝えてくれるかな?」

「分かりました、任せてください」

一乃は張り切った様子で頷いた。

十五分ほどで出かける準備を終えると、ロビーまで見送りに下りてきた一乃と別れ、ホテル前でタクシーに乗った。四条通信社へ向かうように頼む。

四条通信社の本社ビルに着いたときには、午前九時半になろうとしていた。

　百合に電話をして到着したことを伝えると、すぐに玄関前まで迎えに下りてきた。

「波内さんはまだ来ていないんですね？」

「はい。どうしましょう、応接室ですと他に何人か出てきている社員の目につくかもしれないので、会議室の一つで波内を待つことにしてよろしいですか？」

「ええ、そうしましょう」

　朝倉は頷き、百合に従ってビルに入っていった。

　百合が案内してくれたのは、営業部の入った三階の片隅にある、小さな会議室だった。

　百合はコーヒーを用意してくれた後、

「では、波内が顔を出しましたら、すぐにこちらの部屋へ連れてまいりますので」

と言い残し、編集部へ戻っていった。

　一人部屋に残された朝倉は、落ち着かない気分で殺風景な部屋を眺めながら、時間が過ぎるのを待った。

　廊下をやってくる足音が聞こえてきたのは、午前十時を十分ほど過ぎたときだった。

　いよいよか、と朝倉は身構える。

　ドアがノックされ、失礼します、と百合が声をかけてくる。

「どうぞ」

　朝倉が返事をすると、百合が波内の先に立って部屋に入ってきた。

「これはこれは、国見先生、朝早くからどうされましたか？」

　波内は朝倉の用件を察する気配もなく、愛想良く挨拶してきた。

「お忙しいところを済みません。実は、波内さんにお聞きしたいことがありまして」

「はあ、何でしょう」

波内は訝しげに応じ、朝倉と向かい合って座った。百合はその隣に腰を下ろす。

朝倉はちらりと百合に視線を送ってから、さっそく本題に入ることにした。

「波内さんのご親族について、少しお尋ねしてもよろしいですか?」

「私の親族ですか?」

「ええ。お身内に、波内博という方はいらっしゃらないでしょうか」

それを聞いて、波内の表情がわずかに強張ったのが分かった。

「……おりますが」

「その方は、波内さんとどういうご関係になりますか?」

「私の父です。ただし、五年前に事故で亡くなっておりますが」

「それは、京織堂社員による飲酒轢き逃げ事件のことですか?」

「ええ、そうですが……先生、これは一体どういった趣旨のご質問なんでしょうか? まるで私が取り調べを受けているみたいじゃないですか」

波内は引きつった笑いを浮かべて言った。

朝倉は、そんな波内の顔をじっと見据えたまま、話を続けた。

「実を言うと、その五年前の事故が、今回の事件に関わっているらしいことが判明しましてね」

「えっ、本当ですか?」

波内は驚いたように目を見開く。

「まだマスコミは報じていませんが、警察は今回の事件の容疑者として、今枝光一、陽次という兄弟を追っています。この兄弟は、五年前に梅はると梅ちよがまだ祇園にいた頃、何か二人の弱みを握って付きまとっていたそうです。その弱みというのは、飲酒轢き逃げ事件に関係しているらしく、更に京織堂社長の大八木さんもこの問題に一枚噛《か》んでいるようなんです」

「はあ、なるほど……」

波内は驚きと困惑が入り混じった顔をしていた。

「波内さんは、今回の事件のことを聞いて、お父様が亡くなられた事故との関連を思わなかったんですか?」

「いや、それは全く……何しろ、あの事故は犯人が死亡したということで決着したと思っていましたし、そこに梅はると梅ちよが関係していただなんて、まるで知りませんでしたから」

「僕が大八木社長に会って事情を聞きたいとお願いしたときも、何も思わなかったんですか?」

「京織堂という名を聞いたときは、さすがにちらりと父の事故を思い出しましたよ。ですが、あの事故の犯人が京織堂の社員だったからといって、大八木社長に何か特別な感情を抱いたりはしませんので

ね」

波内はそう言うと、どこか気まずそうな表情を浮かべて、

「それに、実を言うと、私もあの事故のことを詳しく知っているわけじゃないんです。当時、私と父は険悪な関係でしてね。父は長男の私が実家を継ぐことを期待していたんですが、私はどうも農業が性に合わず、大学を出た後は無断で出版業界に就職してしまったんですよ。それで父は激怒して、私を勘当扱いして、実家にも寄りつかせなかったんです。ですから、事故当時は、もう十年近く顔を合わせていない状態でした。そんな状態だったもので、母から父の事故の連絡があったときも、私は葬式で通り一《いっ》遍《ぺん》の喪主を務めた他は、何もかも母と弟に任せっきりで、警察から詳しく事故の状況を聞くこともなかったんです」

「そうでしたか……」

一応、波内の説明には筋が通っているように思える。

「あ、でも」

ふいに何か思い出したように、波内が声を上げた。

「どうしました?」

「そういえば、一つ妙なことがありました。あれは、事故から半年ほど経った頃でしたか、急に誰ともしれない相手から私に電話がかかってきたんです。相手は、父親の事故の真相を知りたくはないか、と切り出してきました。そう聞いたところで、私は特に心を動かされることもありませんでしたが、ただ、相手が何を言うつもりなのか興味はありました。そこで、相手に会うだけ会ってみることにしたんです」

そう言って、波内は百合の方を見た。

「ほら、あのときは長谷川もいたんじゃないか? ちょうど徹夜でＴｅｒｒａの校正作業を終わらせたところで、一時間経っても俺が戻らなかったら警察に連絡してくれ、って冗談半分で言い残したんだが」

「あ、なんとなく覚えてる気がします」

百合は真剣な顔で頷いた。

「それで、会社近くの喫茶店で会ってみると、相手はチンピラのような柄の悪い男で、自分は事故の真相を知っている、もし父親の仇《かたき》を討ちたいなら情報を買わないか、と言ってきたんです。私は、相手が金のことを口にした時点で、馬鹿げた詐欺《さぎ》だと決めつけてしまいました。何しろ、自分の名前も名乗らないような胡散臭《うさんくさ》い相手でしたしね。それで、適当にあしらってすぐに店を出ました」

「その男からの連絡は、それきりだったんですか?」

「いえ、その後も一、二回は電話があった気がします。しかし、こちらが一向にまともに取り合おうとしなかったせいか、その後は音沙汰がなくなりましたがね」

　波内はそう言ってから、

「どうでしょう、もしかして、その男が今枝兄弟のどちらかだったという可能性は……」

「ええ、きっとそうだと思います」

　朝倉は確信を抱いて頷いた。波内の話により、事件全体の構図が次第に見えてきた気がした。

「先生、父の事故の真相とは、一体どんなものだったんでしょうか?」

「……恐らく、事故を引き起こした本当の犯人は、社員の風間ではなく、大八木だったのではないでしょうか。そして、その車には当時大八木が贔屓にしていた梅はると梅ちよも同乗していた。博さんを轢いてしまった後、大八木はもう被害者が助からないと見て、その場から逃走してしまいます。そして、別荘かどこかに逃げ込んだ後、このままでは身の破滅と考えて、懸命に助かる方法を考えます」

「そして、社員の風間に罪をなすりつけることにしたんですね」

「そうです。誰にも知られず別荘まで来るようにと命じ、やってきた風間に酒を飲ませて酔い潰します。そして、事故を起こした車に風間を乗せて桂川の上流へ運んだ後、渓谷に転落させて殺したんです。もし、これが全て大八木が単独で行った犯行ならば、警察も疑いの目を向けたかもしれません。ですが、梅はると梅ちよが、大八木の言い分を裏付ける証人となったならば、警察もすんなり納得したでしょう。こうして、被疑者が死亡したまま書類送検されたことで、警察の捜査は終了し、大八木は無事に罪から逃げ切ったかに思われました。ところが、そこに事故の現場を目撃した人間が現れたんです」

「それが、今枝兄弟だったわけですか」

「はい。恐らく今枝兄弟は大八木のことは知らなかったんでしょうが、車に同乗していた梅はるたちの顔は知っていた。そこで、二人が所属する屋形まで出向いて、事件の真相を暴かれたくなかったら金を寄越すようにと、脅迫したんでしょう。梅はるたちはこのことを大八木に伝え、きっと少なくない額の金が口止め料として支払われたんだと思います」

「だったらなぜ、今枝兄弟は私からも金を引き出そうとしたんでしょう。もし私が大八木を告発すれば、せっかくの脅迫ネタが無効になってしまいますが」

「そのときには、もう大八木が今枝兄弟からの脅迫をはねつけるようになっていたのかもしれません。ご存知のとおり、大八木はただひたすら脅しに従うような性格ではありません。どこかで今枝兄弟が脅迫している証拠を作り、それを元に反撃に出たんでしょう。これ以上脅迫には応じられない、もし警察に通報するというなら、こちらも恐喝の被害で訴える、と。もし恐喝罪で逮捕されるようなことになれば、今枝兄弟には幾つも前科があったようですから、かなり重い判決が下されたはずです。確か、量刑は最大で十年以下の懲役でしたか。それで、今枝兄弟は大八木を脅せなくなったので、代わりに波内さんから金を引き出そうとしたんだと思います。波内さんにヒントを与え、それによって事件の真相が暴かれることになれば、今枝兄弟にとっても腹いせになりますからね」

「しかし、今になってどうして今枝兄弟は梅はるたちを殺害したんでしょうか」

「それは……」

と朝倉は少し考えてから、

「今の段階では想像で語るしかありませんが、たとえば、梅はるたちが祇園を去ったのは、今枝兄弟たちの脅迫から逃れるためではなく、大八木を裏切ったせいで身の置き場がなくなってしまったから、と考えることもできます。あるいは、梅はるたちに裏切ったという意識がなくても、今枝兄弟に命じられるまま金銭の受け取りなどを代行するうちに、大八木から疎《うと》まれるようになったという可能性もあります。ともかく、祇園を出た後も、梅はるたちと今枝兄弟の関係は続いていたのでしょう」

「なるほど、ありそうな話ですね」

「しかし、知り合うきっかけから考えても、四人の感情は複雑だったはずです。内心では憎み合いながらも腐れ縁を断ち切れない、といった関係だったかもしれません。更に、生活も安定せず、ひどく荒《すさ》んでいたことは容易に想像がつきます。そして、何かが原因となって、ついに今枝兄弟は梅はると梅ちよを殺してしまった」

「東京と豊橋の二ヵ所で同時に、ですか?」

「たとえば、先に豊橋で光一が梅はると口論となり、殺害しようとしたのかもしれません。そのとき、とっさに梅はるは携帯で東京の梅ちよに助けを求めた。電話口で梅はるの悲鳴を聞いた梅ちよは警察に通報しようとするが、その場にいた陽次は兄を守るため、梅ちよの口を封じてしまった。そんな流れも考えられます。もっとも、この辺りの事情は、今枝兄弟を逮捕して当人たちの口から語ってもらわないことには、はっきりしないでしょうが」

「確かに、そうですね……」

凄惨《せいさん》な場面を想像したのか、波内は呻くように呟いた。

「梅はるたちを殺してしまい、追い詰められた今枝兄弟は、このままではすぐに自分たちに疑いがかかると考え、例の首のすげ替えによるアリバイトリックを思いつきます。同時に、破れかぶれになった今枝兄弟は、最後にもう一度大八木を脅迫して、逃走資金を手に入れようとしたのかもしれません。その脅迫の意図を伝えるのが、例の酒呑童子のメッセージだったんです」

　朝倉がそこまで語ったとき、ふいに携帯電話が鳴り始めた。取り出して画面を見ると、一乃からの電話だった。

「もしもし、どうかしたのかい？」

「あ、先生、お邪魔じゃなかったですか？」

「うん、一通り話はついたところだったから」

「良かった。実は、事件がまたとんでもない事態になったという連絡が入って、すぐにお伝えしようと思って電話したんです」

「とんでもない事態？」

「はい。京織堂の大八木社長が死体で発見されたそうです。しかも、また首と胴体が入れ替わっていたらしくて」

　一乃の言葉を聞き、朝倉は思わず絶句した。

# 第五章

## 1

神奈川県警の利根川警部補が宿泊先のビジネスホテルで目を覚ましたのは、夜が明けたばかりの午前六時頃のことだった。昨日は、深夜まで京都府警で今枝兄弟の指名手配に関する会議に出席していて、宿に戻ったときには午前二時を過ぎていた。

ほんの四時間ほどの浅い眠りを破ったのは、携帯の呼び出し音だった。利根川は慌てて飛び起き、電話に出た。

「お休みのところ申し訳ない。重大事が発生したので、お知らせしようと思いましてね」

電話をかけてきたのは、京都での案内役を務めてくれている坂本《さかもと》刑事だった。

「何かありました？」

「京都市西京《にしきょう》区にある神社で男の死体が発見されたんですが、それがどうも京織堂の大八木社長らしくて」

それを聞いて、利根川の眠気は吹き飛んだ。

「私をそこへ連れて行ってもらえますか？」

「ええ、そのつもりで、今ホテルの前に車を停めております」

「五分で下ります」

利根川は慌ただしく身だしなみを整え、部屋を飛び出た。

死体の発見された神社は、国道9号を西に進み、老ノ坂《おいのさか》トンネルのすぐ手前の脇道へ入った先にあった。道沿いに廃墟《はいきょ》があるような寂しい山道を上っていくと、やがて神社の鳥居が現れる。普段はほとんど人気もないひっそりした場所のようだが、今日は鳥居の前に多くの警察車両が停まり、騒然とした雰囲気が漂っていた。

鳥居の脇の大きな石碑には『首塚大明神《くびづかだいみょうじん》』と書かれていた。

「ここは、酒呑童子の首が埋められた場所という伝説があります」

鳥居を潜りながら、坂本がそう教えてくれた。

また酒呑童子か、と利根川は胸中で呟いた。

石段を上った先は、地面が剝き出しの坂道となっていた。死体は坂道の上にある本殿の裏手で見つかったそうだ。

死体を発見して一一〇番通報したのは、神社の氏子である老人だった。午前五時頃、早朝の散歩の途中で神社に立ち寄り、本殿で参拝を済ませたところで、裏手に死体が転がっているのを発見したのだという。

坂道を上りきったところに鳥居が二つ並んでいて、その奥にごく小さな本殿が建っていた。石碑のところから、ほんの五分ほどの距離だった。本殿の裏手には柵《さく》で囲まれた区画があって、周辺に鑑識官の姿が多く見られた。立ち入り禁止のテープは、本殿のある小さな広場全体に張られていた。

捜査員たちに指示を与えている警部とは、すでに面識があった。

「やあ、朝早くからご苦労ですな」

警部が利根川に気付いて愛想良く声をかけてきた。

「どうもお疲れ様です。死体はまだそこに？」

「ええ。この囲いの中には、酒呑童子の首が埋まっているという塚がありまして、死体はその上に放り込まれていたようです。ご覧になりますか？」

「ぜひ、お願いします」

利根川は鑑識官たちの邪魔にならないよう、柵に近寄って中を覗き込んだ。

まず目に飛び込んできたのは、かっと目を見開いた大八木の死に顔だった。生前の大八木は決して好感の持てる男ではなかったが、それでも死体と対面すれば自然と哀れみの気持ちが湧《わ》き、利根川は両手を合わせていた。

胸の内で短く哀悼の意を表した後、利根川は改めて死体の様子を観察した。

すぐに気付いたのは、死体の頭部が異常な角度に曲がっていることだった。胴体はうつ伏せの状態なのに、死体の顔はじっと空を睨んでいる。

そこで利根川ははっとなり、少し横へ移動して、死体を見る角度を変えた。すると、やはり頭部と胴体の間に隙間《すきま》があることが分かった。

「また死体の首が切り離されていたんですね?」

利根川は、傍らの警部に小声で確認した。

「そうです」

「ということは……まさか、胴体部分は大八木のものではないんですか?」

「ざっと検視した限りでは、そのようです」

どうやら、再び死体の首のすげ替えが行われたようだ。利根川は微かな吐き気を覚える。

「では、もう一人犠牲者がいるということですね。身元は分かりますか?」

「いえ、身元を示すようなものは身につけていませんでした」

「犯人は、なぜこのようなことを……」

「この期に及んで今枝兄弟がまた妙なアリバイ工作を企んでいるとも思えんのですがね」

警部は苦々しい顔で答えた。

改めて観察すると、死体の周辺にほとんど流血は見られなかった。つまり、大八木ともう一人の男は、どこか別の場所で殺害されて首を切断され、ここへ運ばれてきたということだろう。大八木の頭部には傷があるようで、髪がべっとりと血で固まっていた。

「ここまで死体を運び上げるのは一苦労でしょうね。今枝兄弟が力を合わせて担ぎ上げた、といったところでしょうか」

「いえ、本殿脇に小さな車輪の跡が残っていました。恐らく死体を運ぶのに使ったキャリーカートのものだと思われます。それなら、一人で死体を運ぶことも可能だったはずです」

「……ともかく、この件を神奈川県警の捜査本部に伝えてきます」

利根川はそう告げて、本殿裏から離れた。

鳥居を潜って坂道を下りながら、利根川は苦い思いを嚙みしめていた。やっと今枝兄弟のアリバイが崩れ、後は逮捕するだけという状況だったにもかかわらず、捜査本部は思わぬ後手を踏んでしまったことになる。

神社前の道まで下りてきたところで、新たに数台の車がやってくるのが見えた。恐らく事件を聞きつけたマスコミだろう。

利根川は混雑する神社前を離れると、神奈川県警の白石警部に電話をかけた。

「……白石だ。何かあったか?」

「それが、思いも寄らない事態になりまして……」

利根川は自らの失態を告白するような口調で、事情を説明し始めた。

## 2

大八木が殺害されたという一報の衝撃から立ち直ると、代わって朝倉の頭には、なぜ犯人はそのような真似をしたのか、という疑問が浮かんでいた。

「大八木社長を殺したのは、今枝兄弟なんでしょう

「死体が発見されたのは、首塚大明神でしたよね？　確か、大八木社長の別荘がそこからそう離れていないところにあったと思うんです。以前、Ｔｅｒｒａの取材でインタビューをしたとき、雑談の中で社長がそう仰っていたのを覚えています」

「本当か？」

「はい。五年前の事故のとき、大八木社長が滞在していたのもその別荘だったはずですが……」

「なるほど、だったら、今枝兄弟はそこで大八木社長に会って、殺害した可能性が高いな。神社から近い場所にあるなら、人目につかず死体を運ぶこともできただろう。先生はどう思われます？」

「ええ、僕も同じ意見です。ぜひ、その別荘に行ってみたいですね」

「長谷川、案内できるか？」

「たぶん、大丈夫だと思います」

「よし、行こう」

か」

波内が困惑した顔で言った。

「……今の段階では、そうと考えるしかありませんね」

「なぜ今更、大八木社長を？」

「たとえば、大八木のもとを訪れて金を要求したが断られたため、かっとなって殺したのかもしれません。しかし、今は動機のことよりも、殺されたもう一人の男は誰なのか、なぜ大八木社長の首と入れ替えたのか、という方がより重要な問題でしょう」

「先生でも、答えの見当はつかないんですか？」

「ええ、残念ながら……」

朝倉は腕組みをして、じっと天井を睨んだ。

「あの、ちょっと思い出したことがあるんですけど……」

そこで百合が、控えめに発言した。

「何だ？」

波内が尋ねる。

波内は勇んだ様子で席を立った。

三人は会社を出て車に乗り込むと、亀岡方面に向かった。運転するのは波内で、助手席には百合が座って道を案内する。

国道9号を西に進み、老ノ坂峠に差し掛かると、首塚大明神に通じる小道が見えた。しかし、今そこへ足を運んだところで、警察の規制で一般人は現場に近付くことさえできないだろう。多少気にはなったが、真っ直ぐ別荘に向かうことにする。

亀岡市に入ると、桂川支流の鵜ノ川《うのかわ》を右手に見ながら道路を北上した。一面に田圃の広がるのどかな一帯に差し掛かった辺りで、百合の指示で川を渡り、山の方へ進んでいった。時刻は午後一時を過ぎたばかりで、農作業着姿の住人と何度かすれ違った。

百合の記憶では、山裾《やますそ》にある寺の脇道を上っていった先に別荘がある、と大八木は語っていたという。波内は車のスピードを落とし、慎重に道を選びながら進んでいった。

やがて、前方にそれらしい建物が見えてきた。明らかに周辺の民家とは違う、スウェーデンログハウス風の外観の建物だ。

敷地の前に車を停めて、三人は外に降り立った。門柱に大八木という表札が出ているのを確認する。

「……入ってみましょうか」

朝倉は緊張を覚えながら言った。入り口の鉄柵門に鍵はかかっておらず、取っ手を回すと簡単に開いた。

前庭の小道を進んでいき、玄関前に着く。建物は二階建てで、どの窓にもレースカーテンが引かれていた。しばらくその場で耳を澄ましてみるが、建物内からは何の音も聞こえてこない。

玄関前のポーチへ上がり、ドアが開くか試してみた。しかし、こちらは鍵がかかっていた。ドアには窓がついているが、磨《す》りガラスがはまっているので中の様子は見えない。

「波内さん、済みませんがここで見張りをしていてもらえませんか？　誰かが来たら教えてください」

「分かりました」

波内を玄関前に残して、朝倉と百合は建物の裏手に回った。

足音が立たないよう、建物の周りの犬走りの部分を慎重に歩いていく。胸の高さにあった窓を何度か覗いてみたが、カーテンの向こう側の様子はよく分からなかった。

やがて裏口に着いた。菱形《ひしがた》の小窓のある木製の白いドアだ。

小窓を覗き込むと、きれいに片付いたキッチンの様子が見えた。というよりも、普段ほとんど使っていないようで、食器棚に整然と皿などが飾られていた。

朝倉はそっとドアノブを摑んでみる。すると、ドアはあっさりと開いた。

ちらりと背後を振り返り、緊張した面持ちの百合に頷いてみせる。

細く開いたドアからキッチンに入り込んだ。続いて百合も中に入り、ドアを閉める。

改めて見回してみても、キッチンに何か異常な点は見当たらなかった。対面カウンターの向こう側も覗き込んでみたが、誰かが潜んでいるということもない。

朝倉は百合に無言で頷いてみせて、奥のドアに向かった。

キッチンの外は廊下になっていて、左手はすぐに突き当たりになっており、横にドアが一つあった。右手に進んでいくと、玄関に出るようだ。

朝倉はまず左手に進むと、ドアに耳を当てて中の気配を窺った。

しばらく探っても何の物音も聞こえなかったので、そっとドアを開いてみる。

中は納戸になっていて、掃除機や扇風機などが仕舞われている他、作りつけの棚にペットボトルの飲み物や保存食が並んでいた。人が隠れられるような場所はない。

朝倉は振り返って、百合に向かって首を振り、何もなかったことを伝えた。

今度は廊下を右手に進んでいった。右と左に一つずつドアがあり、その先は二階まで吹き抜けになった玄関ホールとなっていた。外で見張りをしている波内の影が、玄関ドアの窓に映っている。

朝倉はまず玄関のドアを開けて、波内を中に入れようとした。が、その途中でぴたりと足を止める。

廊下の右手のドアがわずかに開いていて、部屋の床が見えていた。そして、床に仰向《あおむ》けに倒れた何者かの靴が目に入る。

朝倉は緊張に身を固くした。

恐る恐る手を伸ばし、そっとドアを押す。ドアは音もなく奥に開いていった。

倒れた人間の姿が、足下から徐々に見えていく。ベージュ色のスラックス、白いシャツにサスペンダー。かなり太った体型で、仰向けに寝ていても腹が大きく突き出していた。

そして、肩から上が見えたところで、朝倉は微かに呻いた。

その体に頭部はついていなかった。首のところで切断され、肩から上には何もない。

首の辺りを中心に、床のカーペットにはどす黒い血の染みが広がっていた。この体が大八木のもので、殺害された後にここで首を切断されたのに、まず間違いはないだろう。

ふいに、朝倉は生々しい死臭を嗅いだ。同時に、激しい嘔吐感《おうとかん》を覚える。食道の辺りが痙攣《けいれん》を起こしたように震え、苦い液体が喉元《のどもと》に込み上げてきた。

考えてみれば、ここまでずっと事件を追ってきたものの、死体を実際に目にするのはこれが初めてだった。しかも、首を切断された凄惨な姿だ。

背後で百合が部屋を覗き込もうとする気配を感じ、慌てて視線を遮るようにドアを閉めた。

「どうしたんです？」

百合が囁《ささや》き声で尋ねてきた。

朝倉は口内の苦い液体を飲み込み、嘔吐を辛うじてこらえてから答えた。

「……部屋に死体があります。あなたは見ない方がいい」

「死体は、大八木社長のものですか？」

百合が青ざめた顔で聞いてくる。

「恐らくそうでしょう。やはりこの別荘が殺人の現場だったようです。すぐに警察に知らせましょう」

朝倉はそう言うと、とりあえず波内にもこの件を知らせるため、玄関に向かう。

ホールを横切り、ドアの鍵を開けようとしたときだった。

「きゃあ！」

ふいに背後で悲鳴が上がり、朝倉は驚いて振り向いた。

見ると、そこには男が立っていて、百合の首に腕を巻き付けていた。死体のあった部屋の向かいのドアが開いており、男が今までそこに潜んでいたことが分かった。

「お前ら、誰なんだよ」

男が掠れた声で言った。

その顔には見覚えがある。防犯カメラの画像で見た顔だ。兄か弟かまでは分からないが、今枝兄弟のどちらかであるのは間違いない。

「い、今枝だな？　無駄な抵抗はよせ」

朝倉は引きつった声で言った。

「うるせえ、てめえら、刑事じゃねえようだな」

男は空いた手でズボンのポケットを探った。取り出したのは鞘《さや》付きの果物ナイフだ。男がさっとナイフを振ると、鞘が外れて床に転がった。

「近付くんじゃねえぞ」

男はナイフを百合の首元に当てて言った。ドスを利かせた声だが、怯《おび》えと緊張で目が吊り上がっており、下手に刺激をすれば何をしでかすか分からなかった。

「待て、落ち着け。君は……今枝陽次だね？」

朝倉は当てずっぽうで呼びかける。

「だったらどうした」

男は嚙み付くような口調で応じる。やはり陽次だったようだ。

「警察は君たちをずっと追っている。もうどこにも逃げる場所はないぞ」

「こっちに来るんじゃねえ。後ろに下がるんだ。妙な真似をすれば女を刺すからな」

「わ、分かった。言うとおりにする」

朝倉は震える足で、じわじわと後退《あとずさ》った。

陽次は百合を引きずるようにしてホールへ入ってくる。そして、朝倉の方を向いたまま、ゆっくりと玄関ドアの前まで移動した。

「……くそっ」

陽次は後ろ手にドアを開けようとしたが、鍵がかかっていた。右手に持っていたナイフを左手に持ち替え、手探りで鍵を開けようとする。

その瞬間、がちゃんと窓ガラスが割れた。

「うおっ」

陽次は頭を押さえて床に転がる。投げ込まれた石が頭にぶつかったようだ。

百合も一緒に倒れたが、すぐに這《は》って逃れようとする。

「こいつ、ぶっ殺すぞ！」

陽次が喚《わめ》きながら百合の右足首を摑んだ。同時に、床に落ちたナイフに手を伸ばす。

朝倉はとっさにナイフへ飛びついた。一瞬先に陽次がナイフに指をかけたが、その手を払いのけて、ナイフを手中に収める。

「くそったれが」

陽次は百合の足首から手を離し、朝倉に飛びかかってくる。

二人は床の上でナイフを巡って揉み合いになった。朝倉はしばしば陽次に圧倒され、床に押さえつけられそうになった。それでも、懸命に力を振り絞って陽次を押し返す。ここでナイフを奪われては、自分だけでなく百合の身もどうなるか分からない。

「おい、鍵を開けてくれ！」

割れた窓ガラスの向こうから、波内の声が飛び込んできた。

百合が急いでドアに駆け寄り、鍵を開ける。同時にドアが開いて波内がホールに飛び込んできた。

そこで陽次は形勢不利と見たのか、ふいに朝倉から手を離すと、後ろへ飛び下がった。そして、凄《すさ》まじい顔で朝倉を睨んでから、身を翻して廊下の奥へ逃げていく。

「待て！」

波内が陽次の後を追っていった。

二人は裏口から外へ飛び出していったが、朝倉にはその後を追う気力がなかった。ナイフを両手で握りしめたまま、ぺたんと床に尻を着く。

「朝倉さん、大丈夫ですか⁉」

百合が駆け寄ってきた。

「……どうにか、無事のようです」

朝倉は自分の体を確認しながら言った。揉み合った拍子にどこかを切る、ということはなかったようだ。

「長谷川さんこそ、怪我はありませんか？」

「はい、大丈夫です」

「そうですか、良かった」

その拍子に緊張が解けたのか、朝倉の全身ががくがくと震え始めた。百合の前でみっともない姿を見せたくないと思ったが、震えを止めることはできない。ナイフが床の上に転がり落ちた。

百合はそんな朝倉をいたわるように、肩に腕を回してそっと抱きしめてくれた。百合の体の温かみが伝わってきて、朝倉は不思議なほどの安心感を覚える。体の震えが次第に収まってくるのが分かった。

「……済みません、ありがとうございました」

やがて心身が落ち着いたところで、朝倉は照れ笑いを浮かべながら言った。

「いえ、何だか差し出がましいことをしてしまって」

今になって恥ずかしくなったかのように、百合は急いで腕を離した。

もうしばらく百合と体を寄り添わせていたいところだったが、今枝兄弟の片割れが逃亡し、邸内に死体が転がっているという状況では、のんびりしているわけにはいかない。

朝倉は立ち上がると、注意深く周囲を見回した。もし建物の中に今枝光一も潜んでいたとしたら、今の騒ぎで飛び出てこないはずがない。その点で、もう危険は去ったと見ていいだろう。

それでも、念のため、朝倉は先ほどまで陽次が潜んでいた部屋を覗いておくことにした。

その部屋はリビングとして使われているらしく、テーブルと革張りソファのセットが置かれ、大型テレビも据えられていた。壁の一面はガラス戸になっていて、ウッドデッキに出ることもできるようだ。

朝倉はぐるりと室内を一周して、何の異常もないことを確かめた。カーテンを開けて窓の外を覗くと、正面の門が見えた。

「朝倉さん、こんなものが」

その声に振り返ると、百合が黒い革バッグを手にしていた。

朝倉は百合から革バッグを受け取った。何が入っているのか、ずっしりと重い。

バッグを床に下ろした朝倉は、ファスナーに手をかけたところで、ふと嫌な予感を覚えた。だが、構わずにファスナーを開ける。

「きゃあっ」

百合の悲鳴が室内に響いた。

バッグの中に入っていたのは、人間の頭部だった。全体が血に濡れていて、おぞましい臭気が立ち上ってくる。

「長谷川さん、早く警察に連絡を」

朝倉が鋭く言うと、百合は口元を押さえて頷き、よろよろと部屋を出て行った。

部屋に一人きりになって生首と向かい合うと、途端に朝倉は恐怖を感じた。だが、萎縮する気持ちを励まして辺りを見回し、キャビネットの上にあったメモ帳から付属のペンを外した。

朝倉は震えるペン先を生首に近づけると、恐る恐る顔にかかった前髪を掻き分けた。殺害されたもう一人の男が何者なのか、確かめるためだ。

「……えっ！」

朝倉は驚愕のあまり、声を上げていた。

その顔には見覚えがある。ついさっき対峙していた顔とそっくりだ。

間違いない、バッグの中に入っていたのは、今枝兄弟の片割れである光一の頭部だった。

これはどういうことなんだ。朝倉は呆然としたまま、ふらふらと立ち上がり、近くのソファにどさりと腰を落とした。ここに頭部だけがあるということは、首塚大明神で大八木の頭部と一緒に見つかった胴体は、光一のものなのだろう。

この事態をどう受け止めればいいのか、朝倉はじっと天井を見上げて考え続けた。

やがて、廊下で足音がした。

朝倉はびくりと体を震わせて立ち上がり、恐る恐るドアから廊下を覗き込む。

玄関の方からやってきたのは波内だった。肩や膝《ひざ》の辺りに草が付いている。

「済みません、先生、やつを取り逃がしました」

波内は悔しげに報告してから、

「今、そこで長谷川から聞いたんですが、死体の頭部が見つかったとか?」

「ええ、そうです。波内さんも確認されますか?」

「……いえ、私は止めておきます」

波内は強張った表情で答える。

そのとき、百合も玄関から入ってきた。

「警察があと十分くらいでここに到着するそうです」

「では、外で待ちましょうか」

死人の臭気で満ちた建物内にいるのが耐えられなくなり、朝倉は外の空気を吸いに出ることにした。

外に出て眩い陽光を浴びると、何か生き返ったような心地になった。周囲の緑あふれる景色はあくまでのどかで、邸内で目撃した凄惨な光景が悪夢だったようにさえ思えた。

「そういえば、先ほどはありがとうございました。お陰で助かりましたよ」

朝倉はふと思い出して、波内に礼を言った。百合を人質に取った陽次が玄関を出ようとしたとき、波内が石を投げ込んでくれていなければ、その後どうなったか分からない。

「いえいえ、こちらこそ、長谷川を助けていただいて先生にはお礼の言葉もありません」

波内はそう答えてから、

「それにしても、この別荘で一体何が起きたんでしょうね。やつら、兄弟で仲間割れでも起こしたんでしょうか」

「さあ、それはまだ何とも……」

まだどんな答えも見つからず、朝倉は首を横に振るしかなかった。

百合はぐったりした様子でポーチの端にしゃがみこみ、柱にもたれかかっている。朝倉もポーチの縁に腰を下ろすことにした。

しばらく野鳥のさえずりに耳を傾けるうち、やがて遠くからパトカーのサイレンの音が聞こえてきた。

3

一乃が女子トイレから出てくると、ホテルの通用口に通じる廊下に制服警官が立っているのが目に入った。別荘から逃亡した今枝陽次の行方は未だに摑めておらず、万が一の危険に備えて、ホテルを警備してくれているらしい。

一乃は廊下を進んで、ホテルの一階ロビーに入った。午後九時を過ぎて、ロビーは閑散としており、端の方の一角に事件の関係者が座っているだけだった。

一乃は一礼しながら元の席に座ったが、誰も視線を向けてくる者はいなかった。

「……では、今枝陽次が部屋から現れて以降のことを、もう一度聞かせてください」

手帳を手に質問しているのは、京都府警の坂本という刑事だった。その隣には、同僚の川瀬《かわせ》という刑事が座っている。もう一人、神奈川県警の捜査本部から派遣されているという利根川警部補は、遠慮する立場を示すように、一つ後ろの席に座って事情聴取の様子を眺めていた。

刑事たちとテーブルを挟んで向かい合っているのは、朝倉、百合、波内だった。

朝倉は端正な横顔に物憂げな表情を浮かべながらも、刑事たちの執拗な質問に一つ一つ丁寧に答えていた。百合と波内も、今や疲労の色がはっきりと顔に浮かんでいたが、だれることなく朝倉の返答を補足していた。

　別荘で死体が発見された直後に、警察の事情聴取が一度行われていたらしいが、夜になって再び連絡が入り、改めて状況を確認させて欲しいという申し出があった。警察署に呼びつけず、自らホテルまで足を運んできたのは、刑事たちのせめてもの配慮というところだろうか。

　波内が途中まで陽次を追ったが、山中で半ば道に迷って結局は取り逃がしてしまった、というところまで説明は進んだ。後は、別荘に引き返して、朝倉たちと共に警察の到着を待ったという話を繰り返すだけだった。

「なるほど、分かりました」

　坂本は何かを手帳に書き付けてから、一つ頷いて、

「……どうも、長時間にわたってご協力ありがとうございました。我々からの質問は以上となります」

と事情聴取の終了を告げた。

　朝倉たちがほっとして肩の力を抜くのが分かった。一乃はただ後ろの席で見守っていただけだが、それでもやっと終わったことに解放感を覚えた。

「ところで、私の方からも幾つか質問させてもらってよろしいですか？」

　波内が言うと、坂本は川瀬とちらりと視線を交わしてから、

「ええ、我々がお答えできる範囲のことであれば」

と応じた。

「ではまず、神社と別荘で見つかった頭部と胴体は、大八木社長と今枝光一のもので間違いなかったんですか？」

「そうです。神社で大八木の頭部と共に発見された胴体は、光一のものであると確認できました。また、別荘で見つかったのは大八木の胴体と光一の頭

部でした」

「二人を殺したのは今枝陽次なんでしょうか?」

「そうですね……現在のところ我々の見解としては、まず今枝兄弟が大八木を殺害し、その後、仲間割れを起こして陽次が光一を殺害した、という順序を想定しております」

「二人はなぜ仲間割れを?」

「さあ、その辺りの事情については、まだ何も分かっておりません。ただ、二人とも極限まで追い詰められた心理状態になっていたでしょうから、ささいなことが原因で口論となり激高したと想像するのは難しくないかと」

二人のやり取りに耳を傾けながら、一乃は朝倉の横顔を窺った。

こんなとき、朝倉が一番興味を示して質問しそうなものなのに、刑事の答えにはまるで無関心な様子で、思案に耽《ふけ》っているようにも見えた。

「陽次が兄と大八木社長の頭部を入れ替えようとしたのはなぜでしょう?」

波内は質問を続ける。

「その点についても、まだ何とも言えないのですが……」

坂本が肩をすくめながら言うと、それまでほとんど黙っていた利根川が、

「たとえば、犯人の一人であるはずの光一が、新幹線の死体と同じような形で殺されていれば、警察は今枝兄弟の他に真犯人がいると考える、と期待したのかもしれません」

と後ろの席から答えた。

「それが事実なら、ずいぶんと短絡的な発想ですね」

「実の兄まで手にかけたのですから、まともな思考ができる状態ではなかったでしょう。それに、あなた方が陽次が逃亡する現場に居合わせてくれたから

良かったものの、もし陽次が自らの血痕を残すなどの偽装工作をして姿を消していたら、我々としては、陽次も殺害されているという可能性を考えなければならなかったでしょうね。そうなれば、捜査は更に混乱して、陽次に逃げ切る機会を与えていた可能性もある。ですから、陽次の工作が浅はかだと思うのは、結果論に過ぎないのかもしれません」

利根川は率直に語った。

「なるほど……」

波内は納得したように頷く。

「ちなみに、過去に発生した飲酒轢き逃げ事件に関しても、京都府警で再捜査を行うことになりました。すでに大八木だけでなく、梅はる梅ちよも亡くなっている以上、たとえ事実が明らかになったとしても、改めて真犯人が罰せられるわけではありませんが、今回の事件の動機や背後関係をはっきりさせるためにも、裏付け捜査として必要になりますので」

坂本がそう説明した。

「死体と共に残されたメッセージの謎は、長らく我々を悩ませていましたが、過去の事件を暗示して大八木に脅しをかけていた、という解釈ですんなり納得できそうです。この問題の解明に関する皆さんのご助力についても、改めて感謝申し上げます」

そう言って利根川がぺこりと頭を下げた。

「さて、それでは、我々はこの辺で失礼いたします。後ほど改めてご連絡することがあるかもしれませんが、そのときはまたご協力よろしくお願いいたします」

坂本はそう挨拶して腰を上げた。川瀬と利根川も席を立つ。

「あの、陽次は今夜中に捕まるでしょうか?」

百合が不安げな顔で尋ねた。

「緊急配備を敷いて、各所で検問を行っておりますので、逮捕は時間の問題だと思われます」

坂本はそう答えると、続けて、

「警護の警官を一人、明日の朝まで残しておきますので、今夜は安心してゆっくりお休みください」

と言い残して去っていった。

刑事たちの姿がロビーから消えると、波内もソファから立ち上がった。

「では、私は会社に戻ります」

「ホテルに泊まっていかれないんですか？」

朝倉が尋ねる。

「ええ、出張のお陰で仕事が山積みになっているものでしてね。なに、幾ら陽次が私に恨みを抱いていたとしても、まさか会社にまで乗り込んでくることはないでしょうから」

波内は笑って言うと、

「長谷川はこのままホテルに泊まっていくといい。警察が言っていたとおり、万が一ということもあるから、自宅には帰るんじゃないぞ」

「分かりました」

百合は硬い表情で頷いた。

波内も去り、ロビーに三人だけになると、急にひっそりとしてしまった気がした。

「先生、長谷川さん、本当にお疲れ様でした」

一乃は二人と並ぶ席に移って、ねぎらいの言葉をかけた。

「ああ、西条くんもご苦労さん」

朝倉はそう応じたが、やはりどこか上の空な感じがする。

「先生、まだ何か気になることでも？」

「いや、それが……」

しばらくためらうような様子を見せてから、朝倉は百合の方へ顔を向けた。

「変なことを聞くようですけど、十八日の波内さんの行動について、少し確認させてくれますか？」

「波内の、ですか？」

百合は戸惑ったように小首を傾げる。

「午後二時から三時頃にかけて、波内さんがどこにいたのか分かりますか？」

「えっと、それは……」

百合はしばらく記憶を探る様子を見せた。

一乃は二人のやり取りを見守りながら、十八日の午後二時から三時といえば、梅はると梅ちよの死亡推定時刻であることを思い出していた。

「……済みません、その日は確か、私は夕方くらいまで取材で外に出ていたので、波内の所在については把握していません」

「そうですか」

「あの、波内が何か？」

「いえいえ、ちょっと気になっただけですので」

朝倉がそう言うと、百合はまだ訝しげな表情を見せながらも、それ以上の追及はしなかった。

「ええと、それで、これからどうされます？　お食事はまだでしたよね？」

一乃はぎくしゃくした空気を和ませるつもりで言った。

「……私、今日は疲れてしまったので、もう部屋を取って休んでもよろしいでしょうか？」

百合がそう言うと、

「僕もくたびれ果てて、食欲もないんだ。悪いけど、部屋に戻って横になるよ」

と朝倉も答えた。

「そうですか……」

一乃としては外に食事に出たいところだった。しかし、自分が狙われる可能性はないとはいえ、夜の街のどこかに陽次が潜んでいるかもしれないと思うと、一人で出かける気にはなれなかった。夕食は、ホテルのレストランで簡単に済ませることにする。

「では、行きましょうか」

朝倉がソファから立ち上がった。

一乃は百合と共に朝倉に従って、ロビーを後にした。

## 4

海岸に溺死体《できしたい》のようなものが漂着している、という一報が警察にもたらされたのは、九月二十五日の、月曜日の早朝だった。

発見したのは地元で漁業を営んでいる老人で、仰々しく一一〇番通報することを憚《はばか》ったのか、近所の駐在所に駆け込んで顔見知りの警察官に知らせていた。

午前六時前に叩き起こされた駐在は、幾らか不機嫌であったものの、老人が軽々しく騒ぎを起こすような人柄でないことは承知していたので、急いで制服に着替え、それぞれ原付バイクにまたがって海岸に向かった。

老人が案内した先は、舞鶴東港《まいづるひがしこう》を対岸に眺める大浦《おおうら》半島南部の海岸だった。老人が漁船を繋留《けいりゅう》している船着き場がすぐ近くにある。

「あれですわ」

老人は海沿いの道路で原付を止めると、ガードレールの向こう側の小さな岩礁《がんしょう》を指差した。

駐在は原付を降り、岩礁を覗き込んだ。

老人の言っていたとおり、岩と岩の間に挟まるようにして、男がうつぶせに浮かんでいた。波に合わせて体がゆっくり上下しているが、もう息絶えているのは間違いない。

「こりゃ、道路から吊り上げるのも骨だな。悪いけど、仲間の漁師を何人か集めてもらえないかい」

「いいとも」

駐在に助力を求められた老人は、張り切って船着き場に向かった。

漁師たちが集まり、あれこれと試行錯誤した結果、道路側から死体を引き上げるよりも、船で岩礁に近付いて回収する方が容易だということになり、さっそく実行された。彼らにとって溺死体はさほど珍しいものではないのか、みんな淡々と作業を行っていた。

死体が引き上げられる間に、駐在の連絡により舞鶴警察署からも数名の警察官が応援にやってきていた。

死体はどうにか漁船に乗せられ、船着き場まで運ばれた。

地域課主任の巡査部長は、協力してくれた漁師たちに礼を言った後、死体を調べ始めた。

「こりゃまだ新しいホトケさんだな」

死体はまだ腐乱が始まっていなかった。岩礁で擦れて肌のあちこちに傷ができているが、それ以外は特に目立った外傷はない。どこかで着衣のまま海中に転落し、そのまま溺死してしまったというのが主任の見立てだった。

次に、所持品を改めることにして、死体の衣服を探ってみると、ズボンのポケットから財布が出てきた。

何か身分証明書が入っていれば楽なんだが、と呟きながら財布を開くと、運良く運転免許証が見つかる。

「どれどれ……」

免許証を抜き出した主任は、次の瞬間、驚きに息を呑んだ。

「どうかしましたか?」

部下が横から手元を覗き込んでくる。

「……こいつは驚いた。この男、昨日から緊急配備をかけている容疑者だぞ」

主任はそう言って、部下に免許証を見せる。

そこには、今枝陽次の名が記されていた。

陽次が死亡したという報告は、ただちに京都府警本部に届けられた。刑事たちがただちに舞鶴へ向かう。同時に、陽次の遺体は監察医の元へ搬送され、司法解剖を受けることになった。

司法解剖の結果、陽次が溺死したことが判明した。体の傷は全て死後にできたものだった。

また、舞鶴湾周辺で聞き込みを行った結果、フェリーターミナルの職員が陽次らしき男を見かけたという目撃証言が得られた。陽次は午後八時頃に建物に入ってきたが、乗船窓口周辺に警察官の姿があるのを見て、すぐに出て行ってしまったという。

そうした数々の報告を、利根川と坂本は京都府警本部で聞くことになった。

「……結局、陽次は自殺したということなんでしょうか」

利根川は力無い声で言った。

「でしょうね。幹線道路では検問が敷かれ、駅にも警官が配備されているとなれば、後はもう船で逃れるしかないと考えたんでしょう。それで、どうにか舞鶴港まで辿り着いたが、そこにも警官がいることを知って絶望し、死を選んだのかもしれません」

そう答える坂本は、いかにも悔しそうだった。犯人をこの手で捕らえることができず、みすみす死なせてしまったという無念さは、二人の刑事に共通しているようだった。

利根川はぼんやりと会議室を見回した。捜査員の大半が出払っているため、閑散としている。

容疑者が死亡したという知らせは、すでに神奈川県警の捜査本部にも届いているはずだ。白石警部はどのような顔でそれを聞いていただろう。

「ともかく、これで一連の事件も終わったということになりますね」

坂本が慰めるような口調で言った。

「そうですね……全て終わったんでしょう」

利根川は頷き、重い溜め息を洩らした。

# 第六章

## 1

朝倉が今枝陽次の死を知ったのは、二十五日の午前九時頃だった。

知らせてくれたのは東邦新聞京都支社の記者で、例によって一乃が部屋のドアをしつこくノックして朝倉を叩き起こし、この情報を伝えたのだった。

「……そうか、陽次が死んだのか」

朝倉は寝癖で乱れた頭を掻きながら、ぼそりと言った。

「何だか気のない反応ですね」

一乃が物足りなそうに言う。せっかく急いで教えてあげたのに、という顔だ。

「いや、そんなことはないよ」

「でも、昨日の夜から変ですよ。なんだかずっと上の空な感じで。事件の真相が分かったから、もう興味がなくなっちゃったんですか?」

「それは……」

朝倉は、どう説明したものか、しばらく言葉を探してから、

「むしろ逆なんだよ。ここにきて急に事件の真相が見えなくなってしまった気がして、それでずっと悩んでるんだ」

「え?　真相が見えないって……今枝兄弟の他に犯人がいるってことですか?」

「その可能性を考えてるんだよ」

「いや、先生、それは無理ですよ。これまでの情報を総合して考えてみれば、犯人は今枝兄弟以外にい

ませんって。そりゃ確かに、光一も陽次も警察に捕まる前に死んでしまいましたから、当人たちの口から真実が語られたわけじゃないですけど」

「ああ、僕も九割方はそう思ってる。だけど、残りの一割が、どうにも納得できなくてね」

「たとえば、どんなところが納得いかないんですか?」

一乃は首を傾げて言う。

「そうだな……よし、この際だから今回の事件を最初から振り返ってみよう」

朝倉はそう言うと、まずは浴室に行って顔を洗い、それから二人分のコーヒーを用意した後、改めて一乃と向かい合って座った。

「まず、全ての始まりは、五年前に起きた大八木の飲酒轢き逃げ事件だった。飲酒運転をしていた大八木は、波内博氏をはねてしまった。車を下りて波内氏の状態を確認した大八木は、もはや助からないと見て、その場から逃走した。そして、自分の罪をなすりつけるために、社員の風間を呼び寄せて、事故に見せかけて殺した。その際、車に同乗していた梅はると梅ちよは、大八木をかばうために警察に対して嘘の証言をした。これによって警察は風間が轢き逃げ犯であると判断して、大八木は目論見《もくろみ》通り罪を免れたかに見えた。だが、あいにくと事故の現場を目撃していた人間がいた。その目撃者こそが今枝兄弟で、彼らは事実を警察に告げる代わりに、大八木や梅はるたちを脅迫して金を出させた。この脅迫行為はしばらく続いたが、やがて大八木は金を渡すのを拒むようになった。大八木を直接脅迫するのを諦めた今枝兄弟は、被害者の息子である波内さんに目撃情報を売りつけて金に換えようとしたが、これも失敗に終わる。こうして今枝兄弟は、これ以降、脅迫を続けることができなくなったが、祇園に居辛くなった梅はると梅ちよは芸舞妓を辞めた。……ここまではいいかな？」

「はい、過去の事件については、そんなところだと思います」

「今枝兄弟と梅はる梅ちよの関係は、つい最近まで続いていたが、あるとき、何らかの理由で、今枝兄弟は梅はるたちを殺害してしまう。今枝兄弟はこのままではすぐに自分たちに容疑がかかると見て、とっさに死体と新幹線を用いたトリックでアリバイを作ろうとする。だが、いずれは警察がトリックを見破る可能性も考えて、彼らは姿を消すことにした。その逃亡資金を得るために、彼らは過去の一件で大八木社長を再び脅すことを考える。死体が発見されて事件が報道された際、大八木だけにこの脅迫の意図が伝わるように、酒呑童子の台詞を借りたメッセージを残しておいた」

「ただし、そのメッセージは捜査本部の情報規制に引っかかってしまったため、先生たちが訪問するまで大八木に伝わっていなかった、ってことですよね」

「うん、そういうことだね。ともかく、潜伏生活を続けていた今枝兄弟は、頃合いを見て京都に現れ、大八木を別荘に呼び出して改めて脅迫する。だが、大八木の方も容易には屈しなかった。両者は言い争ったあげくに、ついに今枝兄弟が大八木を殺害してしまう。更に、想定外の状況にすっかり頭に血が上ってしまった今枝兄弟は、仲間割れを起こして、弟の陽次が兄の光一を殺害するという事態に至る。ここで陽次は警察の疑いの目を逸らすため、大八木と兄の死体を使って、自分たちもまた被害者であるかのように偽装工作を行った。だが、僕たちが別荘を訪れたことで、この偽装も失敗に終わり、陽次は逃亡した。……以上で間違いないかな？」

「そうですね、全容が簡潔にまとまってると思います」

一乃はそう言うと、

「私としては、特に疑問を差し挟む余地はないようアリバイについて、長谷川さんに確認してましたよね。もしかして、波内さんを疑っているんですか？」

「いや、あれは別に、何か確信があって質問したわけじゃないいんだ。ただ、波内さんも五年前の事件の重要な関係者だし、もしかして真相を探る糸口になるんじゃないかと思って、何気なく尋ねただけでね」

「そうですか……」

一乃は朝倉の説をどう受け止めたものか、困惑している様子だった。

「いや、やっぱり今の話は聞かなかったことにしてくれるかな。僕としては、西条さんをこの一件にこれ以上巻き込むつもりはないいんだ。他に犯人が潜んでいるかもしれないなんて、僕の直感と言えば聞こえはいいけど、要するにただの妄想なのかもしれないしね」

朝倉は額を押さえ、鬱々《うつうつ》とした声で言った。

に思えるんですが、先生は違うんですね？」

「そうなんだよ。たとえば、僕は昨日、別荘で今枝陽次と顔を合わせた。そのときの印象では、陽次は思っていた以上に粗野な男で、悪知恵は働くのかもしれないが、緻密なアリバイトリックを考えつくような人間とはとても思えなかったよ。それに、大八木への脅迫の意図を酒呑童子の台詞に託すなんて、そんな一種の詩情を持ち合わせているようにも思えなかった」

「でも、それは……」

「うん、分かってる。これはあくまでも僕の主観的な感想に過ぎない。現実としては、証拠物件は全て今枝兄弟が犯人であることを示している。警察だって他の見解を挟む余地はないだろう。だけど、それでも僕は、直感的に何かが間違っていると感じているんだ」

「……そういえば、昨日の夜、十八日の波内さんの

一乃はなおも戸惑ったように朝倉を見つめていたが、ふいに迷いを捨てたように、

「分かりました、そういうことなら私も先生の直感を信じます。先生がどうしても納得がいかないのは、きっと他にまだ隠れた真実があるからなんですよ。たとえば、今枝兄弟は実行犯に過ぎなくて、裏で指示を与えていた真犯人がいるとか。その真実を探り当てるまでは、事件が終わったとは言えませんよね」

「……西条さんにそう言ってもらえると、自信が付くよ」

朝倉は笑って言った。

「ちょっと、先生、何か適当にあしらってません？　私、結構本気で言ってるんですからね」

「僕だって本気だよ」

「本当かなー。とにかく、今後も事件の調査を続けるっていうなら、私もお付き合いしますので。何か必要な情報があれば、津村に調べさせますし」

「ありがとう、助かるよ」

朝倉は心から礼を言った。

それから二人は、しばらく今後の予定について相談した。

調査を継続するにしても、今の段階では具体的な方針があるわけでもなく、このまま京都に滞在しても得るところは少ないだろう。それに朝倉は、暇な身の上であるとはいえ、何本か雑文の依頼を抱えているし、編集者と会う約束もある。

幾らか迷いはあったが、結局、とりあえず一度東京へ戻ることに決めた。そして、落ち着いた環境で改めて事件の全体像を見直し、再調査が必要となれば改めて京都に出向くことにする。しばらく待てば、警察からより詳しい情報が入ってきて、真相を探る手がかりになるかもしれない。

話し合いが大体まとまった辺りで、朝倉の携帯が

鳴り始めた。百合からの電話だ。時刻はちょうど午前十時になったところだった。

「あ、もしもし、朝倉さん、もうお目覚めでしたか?」

「ええ、実は九時過ぎには起きていたんです。西条さんが、また新しい情報を伝えてくれましてね」

「新しい情報、ですか?」

「今枝陽次が死にました。警察は自殺と見ているようです」

朝倉の言葉に、百合がはっと息を呑む気配がした。

「……そうですか、これで犯人は二人とも死んだことになるんですね」

「ともかく、詳しい話は会ってからにしましょう」

朝倉は三十分後に一階のロビーで会う約束をして、電話を終えた。

「それでは、また後ほど」

一乃も支度をするために部屋に戻っていった。


朝倉はシャワーを浴びて髭《ひげ》を剃《そ》り、さっと身だしなみを整えてロビーへ下りた。

百合は電話の時点でもう身支度を整えていたのだろう、すでにロビーのソファに座って朝倉たちを待っていた。

一乃が下りてくるまでの間に、百合に改めて陽次の死について説明しておいた。

「……そうですか。では、事件はこれで全て終わったことになるんでしょうか?」

話を聞き終えると、百合は探るように朝倉の顔を見つめた。

「……正直に言えば、僕はこの結末に納得がいっていません。事件の裏には、まだ明らかになっていない事実が多く隠れている気がするんです」

「ですよね、私もそんな気がしています。それでは、このまま調査を継続するということでいいんですね?」

「いえ、その点については、一度東京へ戻ろうかと考えています」

「あ、そうなんですか……」

百合は期待が外れたように言った。

「といっても、ほんの数日でまた京都へ戻ってきて、調査を再開することになると思います」

朝倉は慌てて付け加える。

「本当ですか？」

「そのときは、ぜひまた長谷川さんにも調査の協力をお願いしたいと思っているんですが……」

「ええ、任せてください。朝倉さんのお手伝いを最優先にできるよう、今から準備しておきますね」

百合はにっこり笑って言う。

「済みません、よろしくお願いします」

朝倉は内心でほっとして言った。

東京へ戻るかどうか迷った最大の理由は、ここで一度調査を中断してしまえば、百合はもう通常の業務に戻ってしまい、協力を頼めなくなるのでは、と心配したことだった。だが、こうしてあっさりと再度の協力を約束してもらえて、一番の不安もなくなる。

朝倉が晴れ晴れした気分になったところで、一乃もロビーへ下りてきた。

「済みません、遅れまして。それで、今後の予定について、お話し合いの方は進みましたか？」

席に座って一乃が尋ねてくる。

「ああ、東京へ一度戻ることは説明したよ。それから、数日経ったら京都へ戻ってきて調査を再開する予定だってこともね。そのときは、長谷川さんがまた協力してくれるそうだよ」

「本当ですか？　よかった」

「どれだけお力になれるか分かりませんが、またよろしくお願いしますね」

百合は一乃にも親しみの籠もった笑みを向けた。

それから、三人は揃って食事に向かうことになったが、朝倉と一乃は今のうちにチェックアウトを済ませておくことにした。荷物は部屋から下ろしてきて、しばらくフロントに預かってもらうことにする。

「何か食べたいもののご希望はありますか？」

ホテルを出ながら百合が尋ねると、

「あの、私、まだ鱧を食べてないんで、もし先生がよければどうかなー、って思うんですが」

と一乃が控えめな口調でずうずうしく言う。

「いいよ、鱧料理を食べに行こうか」

朝倉は笑って応じた。

「では、いい店を知っているんで、そちらへご案内しますね」

百合は携帯で席の予約をしてから、通りを歩き始めた。その店は先斗町《ぽんとちょう》にあるそうで、タクシーを使うほどの距離ではないそうだ。

案内された先にあったのは、想像していたのと違って、まだ真新しい外観の店だった。どちらかといえばフレンチの店を思わせる造りだ。カウンターの中にいた店主も、まだ三十代半ばに見える若さだった。しかし、店主の腕前は確かだそうで、様々な高級料理屋を取材で訪れてきた百合が、無理をしてでも自腹でもう一度食べに行きたいと思った数少ない店のうちの一つなのだという。

カウンターに六席と四人がけテーブルが二つだけというこぢんまりとした店で、ランチタイム早々でも席は全て埋まっていた。他の客はほとんどが年配の女性だった。

テーブル席に座った朝倉たちは、さっそく鱧料理を中心にいくつか注文をした。

「うわー、きれい」

やがて最初に運ばれてきた炙《あぶ》り鱧を一目見て、一乃が感激したように声を上げる。飾り切り野菜と青もみじの葉と共に盛りつけられた鱧は、確かに箸《はし》をつけるのがちょっとためらわれるほど美しかった。

炙り鱧に続いて、湯引き、おろし煮といった料理が運ばれてきて、他にもイカと筍《たけのこ》の酢もの、地鶏の塩焼きといった品もテーブルに並んだ。どの料理も素材の旨味をごく自然に引き出していて、素直に美味しいと思えるものばかりだった。

食後、すっかり満足した様子の一乃は、

「長谷川さん、次に京都へ来たときも、ぜひまた美味しい店を紹介してくださいね」

と食いつくように頼んでいた。

店を出た後も、このまま慌ただしく別れるのも味気ないということで、しばらく百合の案内で京都市内を巡ることになった。まだ朝倉が訪れたことがなかった青蓮院門跡《しょうれんいんもんぜき》、南禅寺《なんぜんじ》といった名所を見て回る。まるで、最後の最後になって、当初予定していた京都案内をしてもらっているような形だった。

観光をしている間、事件を伝えるニュースが意図せずとも度々耳に入ってきた。容疑者の死によって捜査情報が解禁されたのか、テレビでもラジオでも、朝から盛んに事件の結末が報じられていたようだった。観光客の中にも、事件のことを話題にしている人々が多く、世間の関心の高さが窺えた。朝倉としても事件の報じられ方に無関心ではいられなかったが、それでもあえてこの話題について百合や一乃と話し合うことはしなかった。

夕方の五時を過ぎたところで、三人は一度ホテルに戻って荷物を受け取り、タクシーで京都駅に向かった。

百合とは、駅の新幹線中央口の前で別れることになった。

「それでは、また京都にいらっしゃる日取りが分かりましたら、ご連絡くださいね」

「分かりました。できるだけ早くお伝えします」

笑顔で見送ってくれる百合に手を振り、朝倉たちは改札を抜けた。

百合と別れると、途端に寂しさを感じてしまった。どうせ数日後には再会できるのだとは思っても、毎日ずっと一緒に行動していただけに、傍らに百合がいないことに物足りなさを覚える。

「先生、長谷川さんがいなくなって寂しいんじゃないですか？」

一乃がからかうように言ってきた。別に朝倉の心中を見透かしたという感じでもなく、お約束の冗談を口にしただけのようなので、

「いや、別にね」

とさらりとかわした。

## 2

一乃が取ってくれた指定席は、午後六時五十五分京都発の『のぞみ48号』のものだった。発車までまだ四十分以上時間があったので、待合室で少し休むことにする。

席に座ってぼんやりと時間が経つのを待つうちに、意識は自然と事件のことに向けられた。

どれだけ思案しても真相を摑むための糸口さえ見つからず、完全に行き詰まってしまった頭を休めるため、今日一日、あえて事件から目を逸らして過ごしてきた。だが、それも大した効果はなかったようで、思案を再開してもやはり堂々巡りを繰り返すばかりだ。

一乃も隣の席でなにやらぼんやりと考え事をしている様子だったが、ふと思いついたように、

「先生、コーヒーでもいかがですか？」

と尋ねてきた。

「うん、頼むよ」

「先生はミルクだけでしたよね？」

そう確認して、一乃は席を立ち、自販機が並んだ場所に向かった。

しばらくして、一乃は両手にコーヒーの入った紙コップを持って戻ってきた。

「どうぞ」

「ありがとう」

朝倉は礼を言って紙コップを受け取り、一口啜ってから、

「……これ、砂糖も入ってるんだけど」

と一乃を見た。

「あっ、済みません。考え事をしていてぼんやりしてたから、間違っちゃったみたいです。すぐに新しいのを買ってきます」

一乃は自分のコーヒーをスーツケースの上に置き、慌てて立ち上がろうとする。

「いや、いいんだ。別に砂糖が入ってても飲めないわけじゃないから。それより、うっかり買い間違えるほど何を考えていたんだい？」

「もちろん、事件のことですよ。今枝兄弟を裏で操っていた人間がいたんじゃないかって考えてたんですけど……」

「どうだった？」

「駄目ですねー。結局、今回の事件は、今枝兄弟の突発的な殺人が全ての発端だったわけじゃないですか。複雑なアリバイ工作もしてますけど、それだって、考えもなしに人を殺した後、罪を逃れるために必死に頭を働かせただけって感じで、用意周到な計画性なんてまるでありませんよね。とても黒幕に指示されて動いたようには思えないんです」

「なるほど、確かにその通りだ」

「他にも、実は今回の事件は真犯人が全て一人でやったことで、今枝兄弟は濡《ぬ》れ衣《ぎぬ》を着せられただけ、なんて筋も考えてみたんですけど、これこそ妄想ですよね」

一乃はそう言って照れ笑いを浮かべる。

だが、朝倉は一乃の方を見ていなかった。

「……そうか、それだよ」

じっと床を見つめながら、朝倉はぼそりと呟く。

「それって、どれです？」

「だから、今、西条さんが言ったことだよ」

「私が？」

「間違いない、真相に迫るにはその視点が重要だったんだ！」

朝倉は興奮に思わず声を上げて、立ち上がっていた。

一乃の言葉をきっかけにして、頭が目まぐるしいほどの勢いで回転し始めていた。それまで断片的に存在していた数々の事実が、次々と繋ぎ合わされていく。爆発的な思考の速度に、息苦しさを覚えるほどだ。

傍らで一乃が心配そうに見守っているのにも気付かず、朝倉はその場に突っ立ったまま、自分一人の世界に籠もって、思考の行き着く先を見届けようとしていた。


十分ほどが経ったところで、いきなり朝倉はどさりと椅子に座り込んだ。

「先生、大丈夫ですか？」

一乃が急いで尋ねてきたが、短い間に消耗しきっていた朝倉は、しばらく返事をすることもできなかった。目眩に似た感覚に襲われ、視界がひどく狭まっている。

大きく肩を上下させながら深呼吸するうち、ようやく激しい動悸も収まってきた。

「……大丈夫、心配ないよ」

朝倉はしわがれた声で応じ、一乃に目を向けた。

「急にどうされたんですか？　気分が悪いなら、救護室を探しますが」

「いや、気分が悪いわけじゃないから」

そう答えて、朝倉は一乃のスーツケースに載せてあった温《ぬる》いコーヒーをごくりと飲み、

「それよりも、大体のことが分かった気がするよ」

「え、大体のことって……事件の真相について、ですか?」

「そうなんだ」

「本当ですか? だったら、私にも教えてください」

疑っているわけではないだろうが、一乃はまだ全面的には信じきれていない様子だった。

「その前に一つだけ、重要なことを確かめておきたいんだ」

朝倉はそう言うと、足下に置いてあったバッグを開けて、中から時刻表を取り出した。

しばらく時刻表を捲《めく》り、目的のページを探し出す。指でなぞりながら発着時間を調べてみると、少なくとも机上の計算では朝倉の推理が成り立つことが分かった。

だが、これだけでは充分ではない。何しろ、事件の真相を探るための根幹となる箇所なのだ。現実に可能なのかどうか、確かめてみなければ。

ちらりと腕時計を見ると、午後六時四十五分になろうとしていた。

「……西条さん、悪いんだけど、新幹線のチケットをキャンセルしてきてもらえないかな。替わりに、午後七時三十五分発の『のぞみ52号』の席を取って欲しいんだ。もし指定席が埋まってるようなら、自由席でもいいんだけど」

「えっと、分かりました」

一乃は戸惑いながらも頷く。

「それと、僕はこれから必要になるものを買ってくる。また後で、この待合室で合流しよう」

朝倉はそう告げると、急いで待合室を出た。

改札まで行くと、駅員に事情を説明して一時退場を認めてもらい、外に出た。駅ビルのエレベーターを探し、案内板で店を確認してから十階に上がった。

早足で通路を進み、旅行用品店を見つけると、さっとスーツケースを物色してLLサイズのものを二つ購入することにした。

「あ、それと、このサイズに合うスーツケースカバーを二つと、何かスカーフのようなものを二つお願いできますか？　色や柄は何でも構いませんから」

レジで頼むと、店員はこの奇妙な買い物客に戸惑いの色を見せながらも、急いで品物を探してきてくれた。スカーフはサービスしてくれるという。

今すぐ使います、と告げて、タグ類は全て取り払ってもらい、スーツケースにカバーを被せた。

二つのLLサイズのスーツケースを運ぶのに苦労しながらも、朝倉はどうにか改札を通って待合室まで戻った。

先に帰っていた一乃は、スーツケース二つを見て驚いた顔をした。

「先生、何なんです、これ？」

「また後で説明するよ。それより、新しいチケットは取れたかい？」

「はい、大丈夫です」

「よかった、ありがとう」

「……で、これから何をなさるつもりなんですかね？」

「それも、また後で説明するから。この実験が上手くいけばね」

急な閃きだっただけに、朝倉も自分の推理に絶対の自信を持っているわけではなかった。得意げに推理を披露したあげく、実際は全て自分の勘違いだった、などという結果にならないよう、慎重を期したい。

「分かりました」

一乃はそれ以上追及してくることもなく、頷いた。

時計を見ると、もう午後七時十五分になっていた。そろそろホームへ上がった方がいいだろう。

「西条さん、悪いけど、僕のバッグを預けていいかな？」

「あ、はい」

バッグを提げたままスーツケース二つを運ぶのは大変なので、一乃に預けることにした。

待合室を出て、エレベーターに乗り込む。

ホームに上がると、東京方面に歩き、十四号車の後ろ側乗車位置の近くで止まった。

そこでしばらく待つうちに、午後七時三十一分着のひかり534号の到着を告げるアナウンスが流れた。例の、豊橋駅で今枝光一がスーツケースを運び込んだ列車だ。

朝倉はスーツケースの一つを近くのベンチの側まで押していき、そこに残したまま乗車位置に戻った。他には三人の客が並んでいるだけで、朝倉はその列の最後尾に並ぶ。

やがて、ひかり534号がホームに入ってきた。

新幹線が停車しドアが開くと、数人の客が降りてきた。続いて、並んでいた乗客が車両に乗り込んでいく。

「え、先生、これはのぞみ52号じゃありませんよ」

一乃が驚いたように声をかけてくるのを無視して、朝倉はスーツケースを押して車両に乗った。

客室に入り、スーツケースを最後尾席裏のスペースへ押し込もうとする。

だが、そこで朝倉は予想外の事態に直面した。そのスペースには、すでに他の客の荷物が置かれていたのだ。三人がけの席、二人がけの席、どちらの裏側スペースも埋まっている。

朝倉は一瞬、狼狽した。これでは実験は最初から失敗してしまったことになる。

だが、朝倉はすぐに冷静さを取り戻した。スーツケースを押して、急いで車両から下りる。一乃はホームに立ったまま、呆気《あっけ》に取られたように朝倉の行動を眺めていた。

ひかり534号の停車時間は一分だったはずだ。朝倉は全力でスーツケースを押し、最大限の速度でホームを走った。

一両前の十五号車に乗り込んだ時点で、まだ発車のベルは鳴っていなかった。

客室に入って最後尾スペースを覗き込むと、こちらは空いていた。朝倉は一度スーツケースをスペースの奥まで押し込んだ。そして、カバーを外して、ポケットから取り出したスカーフを取っ手にくくりつける。

カバーを丸めて小さくすると、朝倉はさり気なく客室を出てホームへ戻った。

これで実験の第一段階はクリアできた。スーツケースはこのまま自動的に東京駅まで運ばれることになるわけだ。

「先生、これって何なんですか?」

朝倉の後を追ってきていた一乃が、呆れたように言う。

「だから、実験が終わったら説明するって言っただろう?」

そう応じて、朝倉は腕時計に目をやる。すでに発車時刻の午後七時三十二分を過ぎていた。

更に待つうちに、ようやく発車を知らせるベルが鳴った。車両のドアが閉まり、新幹線はゆっくりと走り出す。おおよそ京都駅で一分三十秒停車していたことになる。

頭の中で計算していたよりもずっと余裕があったことに、朝倉はほっとしていた。これなら、十五号車の最後尾スペースまで埋まっていたとしても、更に十六号車へ向かう時間はあっただろう。

朝倉は先ほどのベンチまで引き返して、置いてあったもう一つのスーツケースを回収した。

それから二分後、今度はのぞみ52号がやってきた。朝倉は一乃と共に改めて新幹線に乗り込む。

一乃が取ってくれた指定席は十二号車にあった。通路を進んで十二号車に入り、スーツケースを最後尾のスペースに置いてから、席に座った。

東京に向かって走る新幹線の車中で、朝倉はずっと無言で思案を続けた。一乃はもう質問を諦めた様子で、パソコンを開いて黙って何か作業をしていた。

朝倉が次に席を立ったのは、午後九時二十分になったときだった。新横浜駅まであと十四分で到着する予定だ。

最後尾スペースに置いてあったスーツケースを回収したところで、朝倉はふと思い付き、

「新横浜駅のホームにあるエレベーターに一番近い車両は何号車か、調べられるかな?」

と一乃に聞いた。

「はい、ちょっとお待ちを」

一乃は慌てて携帯を取りだし、ネットで調べ始めた。

「……ええと、十一号車が一番近いみたいですね」

「そうか、ありがとう」

朝倉は今のうちに十一号車に移っておくことにした。

新幹線は予定通り、午後九時三十四分に新横浜駅に到着した。

車両のドアが開くやいなや、朝倉は急いでホームへ下りてエレベーターに向かった。ボタンを押して箱を呼び、一乃と共にエレベーターに乗り込むと、他の客など待たずに急いでドアを閉める。

改札階に着くと、急いで向かい側にあったエレベーターに向かった。ちょうど下りてきた箱に乗り込み、下り方面のホームに上がる。

ホームに着くと、十四号車の後ろ側乗り口に向かった。

乗り口に辿り着いたところで、朝倉はほっと息を吐き、額に滲んだ汗を拭った。

間もなく、のぞみ431号の到着を知らせるアナウンスが流れた。これは、事件当日に今村陽次がス

ーツケースの死体と共に乗っていた列車だ。

やがて新幹線がホームに入ってきた。

停まった車両から降りてくる客はおらず、乗り込んだ朝倉は、客室の最後尾スペースに悠々とスーツケースを押し込むことができた。やはりカバーを外してから、取っ手にスカーフを巻いた後、車両を下りる。

のぞみ431号は一分二十秒ほど停車してから、スーツケースを乗せたまま新横浜駅を出て行った。

思いがけないほどあっさりと実験が成功したことに、朝倉は満足を覚えるというより、むしろ拍子抜けしたくらいだった。車両の光が急速に去っていくのを見送りながら、朝倉は小さく吐息を洩らした。

「……先生、これで終わりですか?」

一乃が遠慮がちに尋ねてきた。

「ああ、無事に終わったよ」

「それじゃあ、そろそろ説明をお願いできますか? 一体何のつもりでこんなことをしてたんです?」

「僕はね、事件当日の真犯人の行動を再現してたんだよ」

朝倉はにやりと笑って答えた。

3

「えっ、真犯人の、ですか?」

一乃は驚いたように言う。

「そうだよ。この事件における真犯人の意図と行動がどんなものだったのか、説明してあげよう……だけど、話はかなり長くなるだろうし、ここでずっと立ち話するわけにもいかないから、どこか落ち着ける場所に移ろうか」

朝倉はそう言って、少し考え、

「そうだな、どうせ京都に戻ることになるんだ、次の新幹線に乗ってしまって、そこで説明するというのはどうだろう」

「はい、そうしましょう」

次の列車はのぞみ265号で、数分後に新横浜駅に到着した。京都へ戻るならこれが最終列車となる。

新幹線に乗り込むと、車両は空いていて、通りかかった車掌に声をかけるとすぐに指定席を用意してくれた。

「では、先生、説明をお願いします」

席に座ると、一乃がさっそく言った。

朝倉は背もたれの位置を調整し、ホームで買ったお茶を一口飲んでから、ゆっくりと説明を始めた。

「それじゃあ、真犯人の計画を最初から説明しよう。まず、真犯人は、自分の正体を伏せたまま今枝兄弟に接触することから始めた。インターネットやSNSなどを使って兄弟に近付いたんだと思う。そして、何か怪しげな運び屋のような仕事を持ちかけたんじゃないかな。ほら、たまにニュースで取り上げられることもあるだろう？　違法な品を運ぶ人間をネットの掲示板で募集したりするのは、そんなに珍しいことじゃない。今枝兄弟にしても、今更犯罪行為の片棒を担ぐことなんて何とも思わないだろうから、良い条件を提示すればすぐに飛びついてきたんじゃないかな」

「ええ、そうでしょうね」

「それから、犯人は今枝兄弟の信頼を得るために、何度か簡単な仕事を頼んで高額な報酬を払った。もちろん、その仕事というのは単なる偽装で、今枝兄弟が実際に運んだのは何の価値もない品だったはずだ。こうして下準備が整うと、いよいよ犯人は今枝兄弟を犯行計画の一部に組み込んだ。具体的には、豊橋市と台東区で借りたウィークリーマンションにスーツケースを運び込んでおき、それを回収するように今枝兄弟に命じたんだ。次の取り引きに使うという名目でね。今枝兄弟は疑うことなく犯人の指示に従っただろう。スーツケースには鍵をかけておき、中には雑誌でもコンクリートブロックでも何でもいい、適度な重量のあるものを詰め込んでおいた」

「それじゃあ、今枝兄弟がウィークリーマンションで梅はると梅ちよを殺したっていうのは……」

「それも全て犯人の偽装だったんだよ。豊橋のウィークリーマンションに残されていた今枝光一の指紋は、スーツケースを回収するため部屋を訪れたときに付着したものだったのさ。更に犯人は、マンションに梅はるたちの指紋がないことに警察が不審を抱かないよう、光一たちが部屋中の指紋を拭いて回ったように見せかけた。そして、うっかり浴室の扉の取っ手だけ拭き忘れたように偽装したんだ。警察はその細工にまんまと引っかかり、それぞれのウィークリーマンションで今枝兄弟と梅はるたちが会っていたと思い込んだんだよ。いや、警察だけじゃない、僕だってすっかり騙されていた。犯人の書いたシナリオに合わせて、ずっと踊らされていたような気がするよ」

「じゃあ、実際には、梅はるたちと今枝兄弟の関係はどんなものだったんでしょうか?」

「梅はるたちが祇園を去った後は、きれいさっぱり縁が切れていたんじゃないかな。元々、四人の腐れ縁が最近まで続いていたと見たのは、今回の殺人事件を前提とした推測に過ぎなかった。被害者と加害者の関係になった以上、何か繋がりがあったはずだと見るのは自然だからね。しかし、今枝兄弟が犯人であるという前提が崩れてしまえば、両者の関係が続いていたという根拠はなくなってしまう」

「まさか、全てが犯人の偽装だったなんて……」

一乃は理屈では理解していても、まだ信じられない様子だった。

「ともかく、説明を先に進めよう。犯人は、東京の向島で働いていた梅はるたちにも事前に接触していた。そして、いよいよ計画の決行日である九月十八日になると、二人を京都へ呼びつけた。五年前の轢き逃げ事件について話がしたい、とでも言えば、梅はるたちも否応なしに京都へ来ることになっただろう。それから、犯人は午後二時から三時の間に、二人を相次いで殺害した。更に、死体の首を切り離し、頭部を交換した上でスーツケースに詰め込む。そのスーツケースの柄は、もちろん今枝兄弟に前もって渡していたものと同じだった。そこからの工作は、さっき僕が実験して見せたとおりだ」

「あっ、なるほど、そういうことだったんですね！」

そこで一乃はようやく実験の意味に気付いたようだった。

「そうなんだ。僕は今まで、この事件は共犯者がいなければ成り立たないとずっと思い込んでいた。だけど、さっきの実験が成功したことで、たった一人でも犯行が可能だということが証明できたんだ」

朝倉が興奮で思わず大きな声を上げると、周囲の乗客が訝しげにこちらを向いた。

「……とにかく、これで、なぜ二つの死体の頭部を入れ替えて新幹線に乗せたのか、その本当の理由が明らかになったわけだ」

少し首をすくめてから、朝倉は声を落として説明を続けた。

「この計画は、犯人が何も知らない今枝兄弟をいいように操り、二人によってアリバイ工作が行われたと警察に信じ込ませるために立てられたものだったんだよ」

「その計画について、もっと具体的に説明してもらえますか？」

「もちろんだよ。犯人はまず、死体の入ったスーツケース二つを車で京都駅まで運んだ。そして、両方とも新幹線ホームまで持って上がったわけだけど、死体が入ったスーツケースとなるとかなりの重量になるし、二つ同時だと目立つから、駐車場から一つずつ運んだに違いない。そうなると、先に運んだ方はしばらくホームに放置することになるが、ベンチの脚にでもワイヤーロックで繋いでおけば盗まれる心配もなかったはずだ。それから、犯人は梅はるの胴体と梅ちよの頭部を入れたスーツケースをひかり534号に乗せた。そのとき、犯人は防犯カメラに映ることを考えて、念のためスーツケースにはカバーをかけていた。そして、スーツケースを最後尾裏スペースに押し込んだところでカバーを外した。同時に、取っ手にスカーフを巻き付ける。スーツケースを車両に残してホームへ下りた犯人は新幹線が発車するのを見送った後、自分は梅はるの頭部、梅ちよの胴体と一緒に、のぞみ52号に乗り込んだ。こうした工作を進めていく裏で、今枝兄弟たちも犯人に指示された通りの行動を取っていた」

「兄弟はそれぞれ、預かったスーツケースを持って駅に行き、新幹線に乗り込んだんですね?」

「うん、そうだ。死体入りスーツケースを乗せたひかり534号は豊橋駅で停まり、そこで今枝光一が預かったスーツケースと一緒に車両に乗り込んでくる。その一方で、犯人が乗ったのぞみ52号は途中でひかり534号を追い抜き、先に新横浜駅に到着する。新幹線を降りた犯人は東京方面からのぞみ431号がやってくるのを待ち、死体入りのスーツケースと一緒に乗り込む。そして、そののぞみ431号には、やはり預かったスーツケースと共に今枝陽次が乗っていた。つまり、それぞれの新幹線には、同時に二つずつのスーツケースが乗っていたことになるわけだ」

「それから、どうしたんでしょう?」

「これらの全ての工作が終了した時点で、犯人は今枝兄弟にメールかSNSで連絡し、トラブルが発生

## 単独犯による死体移動トリック

① ひかり534号に一体の死体を乗せた後、
犯人はのぞみ52号にもう一方の死体とともに乗り込む。

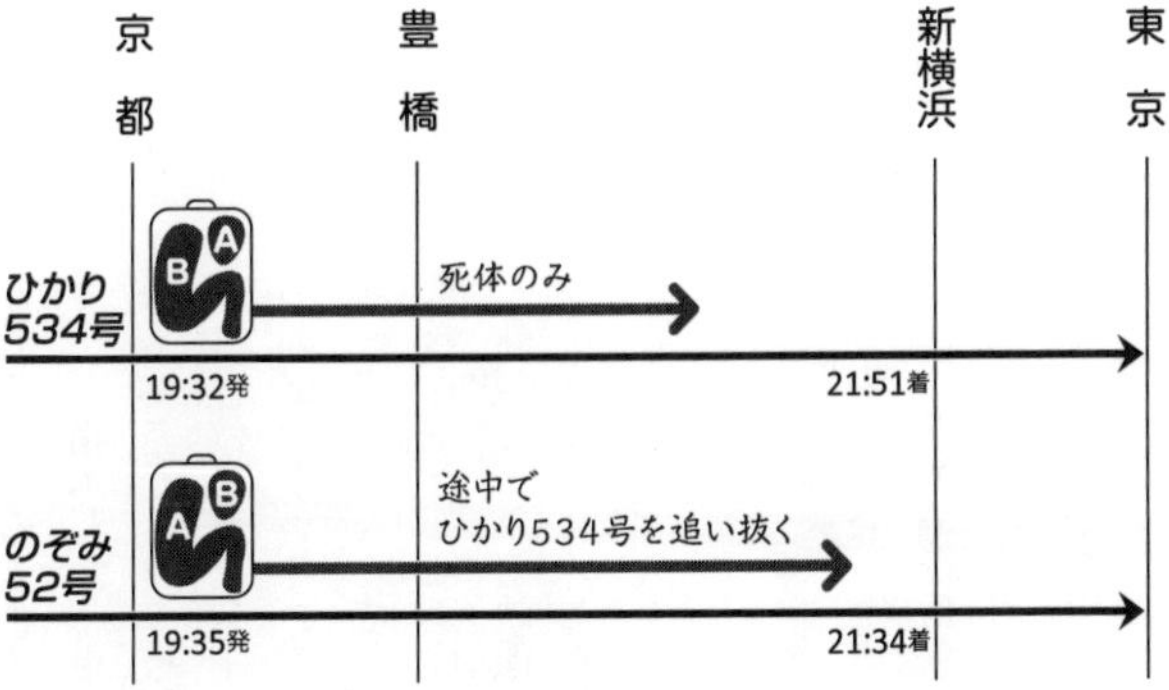


② 犯人は新横浜に到着後、下りホームに移動。
死体のみをのぞみ431号に乗せる。

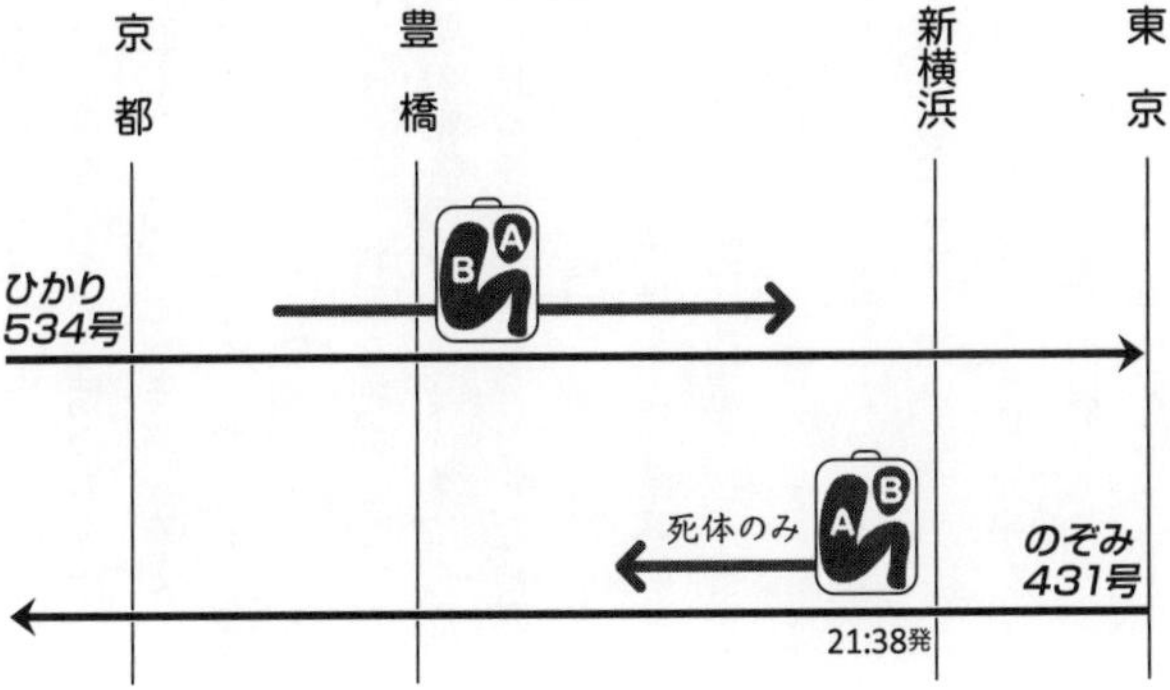

して取り引きが中止となったので、そのままスーツケースを持って引き返すようにと指示した。更に、取っ手に巻いていたスカーフも外させる。今枝兄弟からすれば、まさか自分たちに預けられたスーツケースと同柄のものがもう一つ列車に乗っていて、しかもその中には死体が詰まっているだなんて、夢にも思わなかっただろうね。警察も、そんな工作が行われたなど知るよしもなく、防犯カメラの映像を根拠に、今枝兄弟こそが死体入りのスーツケースを運び込んだ犯人だと思い込んでしまった。スーツケースの柄が同じというだけでなく、目立つよう取っ手にスカーフが巻き付けられていたから、警察が両者を混同したのもやむを得ないかもしれない」

「ですが、死体が発見された後、新幹線は新横浜と小田原で緊急停車して、乗り込んできた警察官が乗客の身元確認を行ったんですよね？　そのとき、もう一つのスーツケースを持っていた今枝兄弟は怪しまれなかったんでしょうか」

「その時点で警察が、同じ柄のもう一つのスーツケースが存在している、という真相を知っていれば、もちろん怪しまれただろう。だけど、実際は、警察は新幹線に乗せられていたスーツケースから死体が発見された、という状況を把握していただけだ。しかも、大勢の乗客の身元確認作業に当たったのは、地元署から動員された警察官たちだ。直接事件捜査にあたる刑事たちと違って、彼らはただ命じられた仕事をこなしただけのはずだ。乗客の身元を確認する他に、わざわざ荷物に注意を払う警官なんていなかっただろうね」

「なるほど……」

一乃は納得したように頷いた。

「警察に身元確認をされた今枝兄弟が、素直に応じたのか、それとも偽名で誤魔化したのかは分からない。どちらにしても、今枝兄弟はスーツケースと共に新幹線を降りて、次の犯人からの指示を待つことになった。こうして、犯人の計画は見事に成功し、たった一人で梅はると梅ちよを殺害した上で、警察の疑いを今枝兄弟に向けることができたわけだ」

「……何だか、凄まじい計画ですね。犯人の恐ろしい執念というか、人間離れした行動力を感じます」

一乃の顔はやや青ざめているように見えた。

「僕も同感だよ」

「これで事件の第一幕が終わったとして、その後はどういう経緯になったんでしょう」

「恐らく犯人は僕たちと同じようにのぞみ265号で京都まで戻ってから、再び今枝兄弟に連絡を取った。そして、京都へやってきて潜伏するように命じたんだ。他に頼れる相手もいなかった兄弟は、疑いを抱きながらも従うしかなかっただろう。それから、九月二十三日の深夜に、犯人は隙を見て今枝光一を殺害し、死体を大八木の別荘に運んだ」

「その次に、大八木を別荘に呼び出し、やはり殺害したんですね」

「大八木に対しても、五年前の轢き逃げ事件の真相をちらつかせれば、誘い出すのは簡単だったに違いない。そして、二人の死体の首を切断して交換した上で、大八木の頭部と光一の胴体を首塚大明神へと運んだ。この工作の目的は、もちろん陽次に罪をかぶせることだ」

「そうやって下準備を整えた上で、翌日に陽次を別荘に呼び寄せたんですね。犯人は、陽次が死体と一緒に別荘にいるところへ、警察を踏み込ませるつもりだったんでしょうか？」

「いや、それは違う。もし警察に通報すれば、その場で陽次が逮捕される可能性が非常に高くなるからね。陽次が警察の取り調べを受けると、真相が明らかになってしまう。たとえ警察が最初は陽次の言い分を信じなかったとしても、何しろ彼が言っているのは全て事実なんだから、裏付け捜査を進めていくうちに、今枝兄弟が罠《わな》にはめられたことが分かってくるだろう」

「それじゃあ、まさか」

一乃ははっとした顔になり、

「……犯人は、最初から先生たちを証人にするつもりだったとか？」

「そういうことになるね。僕たちなら、陽次を取り押さえられる可能性は低い。犯人からすれば、証人として利用するには最適の存在だったろう。そして、計画どおり、僕たちはまんまと陽次を取り逃がしてしまう」

「その後は？」

「陽次を舞鶴港まで呼び寄せて始末したんだ。人気《ひとけ》のない場所まで誘い出し、海に突き落として溺死させたんだろう」

「なるほど……」

「結局、今回の事件における真犯人の目的は、五年前の轢き逃げ事件に関わった五人を全員始末することだったんだ。つまり、轢き逃げをした上に罪を部下になすりつけて殺した大八木、その場に居合わせながら大八木のために偽証をした梅はると梅ちよ、そして事故の一部始終を目撃したにもかかわらず警察には事実を隠していた今枝兄弟。この五人に対する復讐が、真犯人の目的だったんだ」

「……では、先生は、一体誰が犯人だと考えているんですか？」

一乃がおずおずと問いかけてきた。

朝倉は一瞬ためらった後、思い切ってその名を口にした。

「僕は、波内さんが真犯人である可能性が一番高いと思っている。それを確認するために、京都に向かってるんだよ」

それはすでに一乃も予想していた名前だったのだ

ろう、その顔に驚きはなく、ただ無言で頷くだけだった。

列車は定刻通り午後十一時三十一分に京都駅に到着した。

もうすっかり真夜中になっていたが、このままホテルに泊まって明日を待つ気にはなれず、朝倉は無駄足を覚悟の上で、四条通信社に行ってみることにした。波内は仕事が山積みになっていると言っていたから、今日も遅くまで残っている可能性はある。

駅前でタクシーに乗り、行き先を告げた。

四条通信社の本社ビル前に着くと、編集部が入っているフロアの明かりがまだ点いているのが分かった。

正面玄関はすでに閉鎖されていたので、裏手の通用口に向かう。そこの詰め所にいた守衛に、編集部に連絡を取ってもらった。もし波内が会社にいたら面会したい、という伝言を頼んだ。

「……どうぞ、中に入ってロビーでお待ちください」

内線電話を終えて戻ってきた守衛が、朝倉たちにそう告げた。

ロックが外れたドアを通り、暗い廊下を進んでいく。途中まで付いてきた守衛が、ロビーの待合いスペースの明かりを点けてくれた。

ソファに二人並んで座り、波内が下りてくるのを待つ。

朝倉は組んだ手の上に顎《あご》を載せ、頭の中で最後の確認をしていた。一乃は緊張しきった様子で、きょろきょろと辺りを見回している。

やがて、エレベーターが作動する音が聞こえてきた。ロビーの奥に目を向けると、エレベーターがゆっくり下降してくるのが分かった。

朝倉は座り直して姿勢を正し、一乃も肩を張って身構える。

エレベーターが一階に到着して、扉が静かに開いた。人影がロビーへ出てくる。

朝倉は緊張しながら人影がやってくるのを待ったが、その顔が明かりに照らされた瞬間、肩すかしを食った気分になった。

「どうも、こんな時間にどうされましたか?」

腰の低い態度で挨拶してきたのは、波内ではなかった。確か、編集部員の一人で、藤岡とかいう名前だったはずだ。

「あの、波内さんは?」

「申し訳ございません、それが、波内はすでに帰宅しておりまして。もし何か私で足りる用事でしたら、承りますが」

「いえ、波内さんご本人に直接伺いたいことがあったもので……」

「そうですか、でしたら、これから会社に出てこられるか波内に確認してみましょう」

「いえいえ、そこまでしていただかなくて結構です。また明日、出直してきます」

朝倉は恐縮して応じた。

「無駄足を踏ませてしまって、申し訳ありません」

「とんでもありません……ところで、長谷川さんも、もう帰られていますか?」

「ええと、はい、長谷川も帰宅しております。……そうそう、長谷川は明日は休暇を取っていたようなので、もし彼女にも何か用件がおありでしたら、直接本人にご連絡いただけますでしょうか」

「分かりました。では、我々はこれで失礼します。どうもお騒がせして済みませんでした」

朝倉は頭を下げて、席を立った。

藤岡は二人を通用口まで見送ってくれた。

「もしよろしければ、車でホテルまでお送りしましょうか?」

ドアのところで、そう申し出てくれる。

「いえ、そこまで甘えるわけには……」

と答えかけたところで、ふと朝倉は思い出して、

「あの……確か、十九日に波内さんを関空まで車で送ったのは藤岡さんでしたよね？」

「よく覚えておいでですね。確かに、波内を送っていったのは私ですが」

それが何か、という顔で藤岡は答える。

朝倉は内心の緊張を悟られないよう、つとめてさり気ない口調で、

「空港まで送った後、藤岡さんはすぐに会社へ戻られたんでしょうね」

と尋ねた。

波内本人を問い詰めなくても、ここで藤岡のはっきりした証言を得られれば、全ての謎に答えが出ることになる。

だが、藤岡の答えは、朝倉の期待には添わないものだった。

「いえ、すぐにというわけではなく、波内が飛行機に搭乗するまで空港にいましたが」

「本当ですか？　確かに？」

「ええ、間違いありません」

「つまり、波内さんが飛行機に乗り込んだのを見届けたということですね？」

「そうです。飛行機が飛び立つのも見送りましたよ」

藤岡は朝倉の勢いに困惑した様子で答えた。

「そんな……」

朝倉は、自分が思い描いていた事件の構図が一度に崩れ去ってしまった気がした。

藤岡にどう別れの挨拶をしたのか、それも覚えていないほど、朝倉はぼんやりとした状態で四条通信社を後にした。

しばらく通りを歩くうちに、

「先生、どうされたんですか？」

と一乃が心配そうに声をかけてくる。

朝倉は立ち止まって、少し迷ってから、一乃の方へ向き直った。

「京都支社の記者さんに調べてもらいたいことがあるんだ。明日までに、大至急で」

「はあ、それは構いませんけど、どんなことですか?」

「それは……」

朝倉はまだ残るためらいを振り払い、

「五年前の轢き逃げ事件で、濡れ衣を着せられて殺された風間さんに、家族がいたかどうかを調べて欲しいんだ」

と頼んだ。

4

九月二十六日、火曜日。

朝倉は朝早くに京都を発ち、東京駅を経由して新潟に向かった。何度か電車を乗り換えて、午後一時前には粟生津《あおうづ》駅に降り立った。駅からはタクシーに乗り、酒呑童子神社に向かった。彌彦神社、あるいは国上寺という可能性も考えたが、やはり事件の本当の締めくくりに相応《ふさわ》しい場所は、酒呑童子神社のように思えた。

この日は、道の駅はわりあい人気がなくひっそりとしていた。例の酒呑童子行列というお祭りは、一昨日の日曜日に開催されたらしい。まだ片付け切れていない飾りや設備が、そこかしこで目に付いた。大層《たいそう》賑やかな行列だったらしく、辺りには未だに余韻《よいん》が残っているようで、それがかえって祭りの後の物寂しさを感じさせる気がした。

朝倉はひとまず、道の駅の裏に広がる広場を通り抜け、酒呑童子神社に行ってみた。だが、そこに探し求めている人物はいなかった。

それでも、朝倉は自分の推測が外れているとは思わなかった。道の駅まで戻って、しばらく時間を潰すことにする。

食堂に入ってコーヒーを飲みながら、じっと国上山を見上げる。

一人旅というのは、ずいぶん久しぶりのように思えた。今朝、京都駅で、一乃は自分も同行したいと食い下がったが、どうにかなだめて一人で新幹線に乗り込んでいた。

東邦新聞京都支社の記者に頼んであった調査は、今日の昼前には終わっていた。その結果はただちに一乃に伝えられ、それがメールで朝倉に転送されていた。調査報告の内容は、朝倉が予想していたとおりのものだった。

やがて、午後四時近くになると、今まで晴れ渡っていた空に、雲が広がり始めた。

朝倉は三杯目のコーヒーを飲み干すと、ゆっくりと建物を出た。人影のない広場に向かい、遊歩道をぶらぶらと歩く。

どのくらいそうやって時間を潰していただろうか。やがて、道の駅の方から、人影が近付いてくるのに気付いた。真っ直ぐに酒呑童子神社に向かっているようだ。

朝倉は人影に近寄っていった。

神社の鳥居の前で、朝倉は人影の前に立ち塞がる形となった。

相手はそこでようやく気付いたように、はっと顔を上げる。

「……朝倉さん」

百合は驚きに目を見開いた。が、すぐに、全てを察したような表情となり、目を伏せる。

朝倉は、いざとなると百合に何と言葉をかけていいか分からず、しばらく無言で対峙していた。

「……私を待っていらっしゃったんですか?」

先に口を開いたのは百合の方だった。掠れた声だ。

「……ええ。事件が全て決着したことをあなたがお兄さんに報告するのに、どの場所が一番相応しいか考え、ここで待つことにしたんです」

朝倉は感情を抑えた声で言うと、

「五年前に風間正人さんが亡くなった後、彼の妹が遺体を引き取りに来ていたそうです。その妹は祇園で働く舞妓で、当時は小芳《こよし》という名前だった。……その小芳こそが、あなただったんですね？」

と尋ねた。

百合はしばらく間を置いてから、黙って小さく頷いた。

朝倉はそこでまた黙り込んでしまった。後はもう、一つ一つの事実について百合に確認していくだけでいい。だが、こうして正面から向き合ってみると、百合を残酷に問い詰めていくような真似はどうしてもできなかった。

「朝倉さん、あなたがどういう結論に至ったのか、聞かせてください」

逆に百合の方から話を促してきた。顔色は青ざめ、頬は強ばっているが、それでも口元に微かな笑みが浮かんでいるように見えた。

「あなたこそが、今回の事件の真犯人だったんですね。あなたは自らの手で、梅はる、梅ちよ、大八木、今枝光一、陽次の五人を殺害した」

「なぜそう思われたんです？」

「……今回の事件の真犯人は、最後に陽次に罪をなすりつけるために、証人を必要としていました。大八木の胴体と光一の首が残されていた別荘に陽次がいたことを証言してくれる第三者がいなければ、この計画は成り立ちませんからね。そこで証人として選ばれたのが僕だったんでしょう。つまり、九月二十四日の午後一時頃に、僕を大八木の別荘へと誘導した人物こそが、事件の真犯人ということになります」

「ですが、それだけで私を真犯人だと断定するのは、少し根拠として弱いのではないでしょうか。たとえば、犯人は別の人間を証人として別荘へ呼びつけるつもりだったのに、その前に私たちが偶然やってきたので、急遽計画を変更したという可能性だって、ないわけではないと思います」

そう応じながらも、百合に言い逃れをするような気配はなかった。むしろ、これまでと同じように、朝倉の推理を一緒に点検しているような感じさえした。

「もちろん、長谷川さんの仰るとおりです。ですが、僕はもう一つ、決定的な証拠を得ているんです。あなたが最後の最後でつい犯してしまったミスとも言えるかもしれませんが」

「私のミス?」

百合は不思議そうに言う。

「そうです。あのとき、別荘でバッグに入っていた首を発見した後、あなたは警察に連絡をするためにすぐに部屋を出て行きました。その後で、僕は生首が光一のものであることを確認したんです。つまり、あの時点で、殺されたもう一人の男が今枝光一であることを知っていたのは、僕と真犯人の二人だけということになります。ところが、その直後、逃げる陽次を見失って別荘まで戻ってきた波内さんは、バッグの生首を確認しなかったにもかかわらず、建物を出た後でこう言ったんです。『この別荘で一体何が起きたんでしょうね。やつら、兄弟で仲間割れでも起こしたんでしょうか』と」

朝倉の言葉を聞いて、はっと百合が息を呑むのが分かった。

「そうです、もうお分かりでしょう。これは、死んでいた男が今枝光一であると知っていなければ出てこない台詞です。従って真犯人は、波内さんか、それとも別荘に戻ってきた彼にうっかりこの事実を伝えてしまったあなたか、そのどちらかということになります」

「……では、その二人の容疑者のうち、私を真犯人と判断したのはなぜです?」

「実をいうと、ぎりぎりのところまで、僕は波内さんが真犯人であると思い込んでいました。ところが、昨夜、編集部員の藤岡さんから重要な証言を得ることになったんです。藤岡さんは九月十九日にベトナムへ海外出張する波内さんを空港まで送っていきましたが、そこで波内さんが飛行機に乗るのを最後まで見届けたと仰るんです。となると、波内さんは犯行の第一段階の仕上げとなる工作を行うことが不可能だったことになります」

「その工作というのは?」

「豊橋市と台東区のウィークリーマンションが梅はるたち殺害の現場であると偽装するために、そこに血痕を残す必要がありました。その工作が可能になるのは、当然、二人を殺害して死体から血液を抜き取った後ということになります。しかし、十八日の段階では、スーツケースと新幹線を使った工作をするのに手一杯で、豊橋市と台東区のウィークリーマンションを訪れる時間はありません。そこで、犯人は十九日以降に血痕の工作をしたことになります。ですが、波内さんは十九日の午後から海外へ行っていたわけですから、彼にはこの工作が不可能だったということになるでしょう」

「私なら、その犯行が可能だと仰るんですね?」

「ええ。まず、梅はるたちが殺害されたのは十八日の午後二時から午後三時の間ですが、そのときあなたは取材のために会社を出ていたと仰っていましたね。つまり、あなたが彼女たちを殺すことは可能だったわけです」

「偽装工作についてはいかがです？　私は十九日の午後から、ずっと朝倉さんの取材に同行していましたが」

「その取材への同行こそが、あなたに偽装工作の機会を与えていたんです。十九日の夜、あなたは僕と一緒に豊橋市を訪れていましたが、警察署を出て食事をしてから駅に戻った後、あなたは一時間ほど別行動を取りました。更に、東京へ移動してからも、駅で僕と別れた後ならあなたは自由に行動できた。つまり、血痕の工作は充分に可能だったわけです。思えば、最初に豊橋行きを提案したのも、あなたでしたね」

「……なるほど、見事な推理だと思います。私にはもう反論の余地は残されていないようですね」

百合は穏やかな声で言った。

「では、あなたが真犯人であることを認めるんですね？」

朝倉はわずかに震える声で尋ねた。

自分がここまで追い込んだにもかかわらず、最後の最後で百合が否定してくれるのではないか、という微かな期待があった。

だが、百合はじっと朝倉を見つめてから、小さく頷いて答えた。

「はい……私が犯人です」

その言葉を聞いて、朝倉は一瞬頭が真っ白になった。が、どうにか気持ちを奮い立たせて、話を続ける。

「でしたら、全ての真相を明らかにするため、幾つか確認をさせてください。僕の想像だけではどうしても埋まらない箇所があるもので」

「どうぞ、何でもお聞きください。朝倉さんにはそうする権利がありますから」

「ありがとうございます。……では、まず、梅はると梅ちよは、どこでどうやって殺害したんですか?」

「五年前の事件の真相を知っている、と言って彼女たちを脅し、京都へ呼び寄せた後、まずは宿を取らせました。そして、二人同時に会ったのでは思わぬ抵抗を受ける可能性もあったので、最初に梅はるだけを自宅のマンションに呼んだんです。それから、睡眠薬入りのお茶を飲ませ、彼女の意識が朦朧《もうろう》とし始めたところで、ロープで首を絞めて殺しました。その後、梅ちよに電話をして、梅はるが気分を悪くして倒れたので迎えに来るように、と言いました。梅ちよは昔から、何もかも梅はるに頼りきりでしたから、疑いもせずに飛んできましたよ。彼女の方は、梅はるに比べてずっと華奢で気も弱かったので、不意を襲って殺すのは難しくありませんでした。後は死体の首を切断してスーツケースに詰め込むだけでしたが、その前に、偽装工作用に注射器で血を抜き取り、液体用ビニールバッグへ移しておきました」

百合は一切の感情を交えずに説明していく。

「今枝兄弟がダミーのスーツケースを持って新幹線に乗り込む前、アリバイ工作をしたように見せかけるため、かなり細かく行動の時間を指定しましたね。その辺りを今枝兄弟に怪しまれはしなかったんですか?」

「今回の仕事の運び屋が警察にマークされている恐れがある、と伝えてありました。そのため、列車の時間ぎりぎりまで友人たちと何食わぬ顔で遊んでいるように、と指示しても、疑問には思わなかったようです」

「なるほど……それでは、警察が梅はるたちの死体を発見した後、今枝兄弟をどのように京都まで誘導したんですか?」

「事件の報道を見て、死体が発見された上に自分たちが容疑者になっていると知った今枝兄弟は、パニックに陥っていました。そこで、これは組織にとっても思いがけないアクシデントで、事態収拾のために動いているので、目処《めど》が立つまではどこかに身を隠しているように、と指示しました。今枝兄弟は、さすがに疑いを抱き始めていたでしょうが、それでも他にすがる相手もいなかったせいか、私の指示に従うことにしたようでした。私は早い段階で、今枝兄弟に京都に来て潜伏するように命じました。その際、警察が捜しているのは二人組の容疑者なので、兄弟で一緒に行動していては危険だと説き、別々に宿を取らせました」

「ばらばらに泊まらせていれば、狙うチャンスも増えるというわけですね」

「はい。兄弟のうち、兄の光一はじっと部屋に籠もっていることなどできないタイプでした。京都に潜伏した翌日には、もう酒を求めてホテルのバーに行ったほどです。九月二十三日の夜も、彼はホテルのバーで飲んでいましたから、誘い出すのは簡単でした。私から誘うまでもなく、隣の席に座っただけで、すぐに向こうから声をかけてきましたから。私は彼に対しても睡眠薬入りの酒を飲ませ、酩酊《めいてい》してきたのを見計らって、別の店に行こうと誘いました。そして、タクシーで自宅に向かい、部屋で彼を殺害した後、自分の車に乗せて大八木の別荘まで運んだんです」

「その後で大八木を？」

「はい。五年前の事故のことを持ち出せば、彼を別荘まで呼びつけるのは簡単でした。彼も、まさか顔見知りの記者が自分の命を狙っているなどとは、夢にも思わなかったんでしょう。どんな取り引きを持ちかけられるのかと、そのことばかり心配していたようで、私が背後から頭を殴りつけるまで、まるで警戒した様子を見せませんでした。大八木を殺害した後は、その場で死体の首を切断し、光一の胴体と共に神社へ運びました」

「陽次はどうやって別荘に呼び出したんですか?」

「光一から奪った携帯を使えば簡単でした。陽次は急に兄との連絡が途絶えてしまい、極度の不安に陥っていました。しかも、すでに報道では新幹線の死体が梅はると梅ちよだったことが伝えられていて、自分たちがどんな罠にはめられたのかと、怯えきっていたようです。そこで光一の携帯からSNSでメッセージが送られてきたのですから、陽次が疑うことなく飛びついたのも当然だったと思います。携帯の調子が悪くて音声通話ができないという話にも、疑いは持たなかったようでした。俺たちを罠にはめたのは大八木だった、自分は今やつの別荘にいる、というメッセージを送ると、陽次はすぐに信じてくれました。更に、口論の末に大八木を殺してしまい、今は死体の始末をしていると伝え、二十四日の午後一時までに別荘に来て、何も触らず待っているようにと指示しました。光一の頭部を入れたバッグはリビングの戸棚の中に隠しておき、陽次が逃亡した後、朝倉さんの目を盗んで私が取り出したんです」

「陽次が別荘から逃げた後は?」

「最後に陽次を始末するのは、そう難しいことではありませんでした。何しろ、そのときに至っても、陽次は兄が生きていて、自分と同じように警察から逃げていると信じていたのですから。舞鶴港で合流しようとメッセージを送ると、喜んで承諾しました。そして、彼が舞鶴湾の人気の絶えた突堤で兄を待っているところを、海に突き落としたんです」

言葉で説明するのは簡単だが、それを実行するには決死の覚悟が必要になっただろう。それでも、静まり返った百合の表情から、そのときの心情を想像するのは難しかった。

「あなたは……」

問いかける途中で、朝倉はためらった。だが、どうしても確認しておかなければ気が済まず、勇気を奮って質問を続ける。

「……あなたは、最初から僕を証人として利用するつもりでいたんですね?」

その質問に、百合はしばらく押し黙っていたが、やがて覚悟を決めたように視線を上げ、はっきりと頷いた。

「ええ、申し訳ないとは思っていたんですが、朝倉さんが事件に強い興味を示し、私がその調査のお手伝いをすることになったとき、朝倉さんの存在を計画の一部に組み込むことに決めました。もし朝倉さんがいらっしゃらなければ、多少強引でも編集部の誰かを巻き込んで、上手く証人に仕立て上げるつもりでした」

「では、僕はまさにあなたの思うがままに操られていたわけですか」

朝倉は自嘲《じちょうてき》的に言った。

「いえ、それは違います」

「どう違うんです?」

「……初めのうちこそ、私は上手く朝倉さんをコントロールできているつもりでいました。ところが、次第に、朝倉さんは私が想定していた以上に鋭い頭脳を持っていることが分かってきたんです。それがはっきりしたのは、二十三日の夜、ホテルのロビーで西条さんと合流したときのことです。私の計画は、警察が今枝兄弟のアリバイを崩してくれることを前提に成り立っていました。ですから、もし警察があまりにも手間取るようでしたら、私が何らかのヒントを朝倉さんに与え、それによって導き出された答えが警察に伝わるように仕向けるつもりだったんです。ところが、朝倉さんはご自身であっさりと答えを見つけだし、しかもそれが決して事件の真相に迫るものではないと感じていらっしゃる様子でした。その時点から、いずれは朝倉さんによって私の全ての罪が暴かれるかもしれない、と覚悟していたような気がします」

「それでも、計画を途中で止める気にはならなかったんですね?」

「……こんなことを言って信じていただけるか分かりませんが、いっそのこと朝倉さんに全てを打ち明けてしまおうか、と思った瞬間は何度もありました。私の気持ちが一番揺れたのは、西条さんと合流する前、朝倉さんと一緒に鴨川沿いを散歩していたときです。あと一つ何かきっかけがあれば、私の犯行への決意も崩れていたかもしれません。ですが、皮肉なことに、ホテルに戻った直後にあっさりと事態が進展したことで、もう私は自分を止めることができなくなったんです」

「そうですか……僕がもう少し鋭いか、あるいはいっそのこと愚かであれば、長谷川さんを途中で止めることができたかもしれないんですね」

「あ、いえ、そんなつもりで言ったんじゃありません。たとえあの時点で、それ以上の犯行を思い止《とど》まったとしても、すでに二人の人間を殺したという事実は変わりませんでしたから。もし、全ての計画が始まる前に朝倉さんと出会っていれば……いえ、こんなのはつまらない愚痴ですよね」

百合は苦い微笑を浮かべて言った。

朝倉はしばらく無言で百合を見つめていたが、やがて再び口を開いた。

「あなたをそこまで犯行に駆り立てていたのは何なのですか? 確かに、大八木はあなたのお兄さんを殺した憎い相手でしょうし、それに協力した梅はるたちのことを許せなかったのも分かります。ですが、事実を警察に訴えて、彼らの罪を暴くという方法を選ぶことはできなかったんでしょうか?」

「……今回の計画は、復讐《ふくしゅう》というだけでなく、贖《しょく》罪《ざい》でもあるんです」

「贖罪？　あなたにどんな罪があるというんです？」

朝倉が意外に思って問いかけると、百合は視線を神社に向けた。ずっと昔のことを思い返しているような眼差《まなざ》しだ。

「朝倉さんがどこまで私の過去を調べたのかは分かりませんが、風間正人は私の兄といっても、血が繫がっているわけではなく、もっと複雑な関係だったんです。私の母は新潟の出身ですが、高校を卒業した後に東京に出て、水商売をしていました。そして、未婚のまま私を産んだんです。都会で親子二人、母なりに懸命に努力してどうにか暮らしていこうとしたみたいですが、やがて疲れ果て、故郷へ戻ることになりました。それからまた、母は水商売をすることになり、そこで知り合ったのが風間隆《たかし》という人でした。その頃、風間は水道工事関係の会社を経営していて、社員は十名ほどでしたが、社長としてかなり羽振りが良かったと聞いています。風間には私より三つ年上の男の子がいて、その母親はすでに亡くなっていました」

「その三つ年上の男の子が、あなたのお兄さんになったんですね」

「はい。母は風間と一緒に暮らすようになってからも、ずっと籍を入れないまま、内縁関係を続けていました。それでも、私は風間のことを父と呼び、その息子のことを兄と呼ぶようになったんです。初めのうち、私は突然増えた家族に戸惑っていましたが、すぐにその新しい家庭を受け入れるようになりました。その頃は、まだ父も大らかで気さくな性格の人でしたし、何より、兄がとても優しかったからです。幼い頃、私は母と二人きりの寂しい生活を送る中で、もう一人兄弟がいてくれたらと願うこともあったのですが、兄はまさに私が思い描いていた理想通りの存在だったように思います」

百合が淡々と語る過去に、朝倉は無言で聞き入っていた。

「ただ、その新しい家庭が上手くいっていたのは、最初の二年ほどだけだったでしょうか。父が商売で失敗したのをきっかけに、夫婦で諍《いさか》いを起こすことが増えていきました。やがて母はまた水商売で働くようになり、父は会社を畳んだ後、いつも家にいてぶらぶらしているようになりました。それでも、私と兄の関係は良好なままでしたし、むしろ両親が不和である分、兄妹の結びつきは強まったような気がします」

そこで百合は、何か苦痛に耐えるように表情を歪《ゆが》めて、

「もし私があんな愚かな真似をしなければ、私たち一家は決して幸福ではなかったにしても、あれほど悲惨な形で崩壊することはなかったかもしれません」

と言った。その声は微かに震えていた。

「一体、何があったんです？」

朝倉が尋ねると、百合はしばらく目を閉じ、平静を取り戻してから、答えた。

「……いつ頃からか、私は兄のことを一人の男性として見るようになっていたんです。兄妹とはいえ、血縁はなく戸籍の上でも他人でしたし、私たちがいつか恋人として結ばれることを無邪気に夢見るようになっていました。表面上は、あくまでも妹として振る舞い続けていましたが、兄への想いは募る一方でした。中学時代に私がこの神社を訪れたのも、兄との関係が上手くいくようにと祈願するためだったんです。そして、ついに想いを抑えきれなくなった私は、自分の気持ちを綴った手紙を書き、兄に渡そうとしました。しかし、兄はその手紙を受け取ろうとしませんでした。以前から私の態度の変化を感じ

取っていたせいでしょう、兄は手紙の中身を読むまでもなく、そこに何が書かれているのか察したに違いありません。兄としては、そんな手紙を受け取ることで、それまでの兄妹としての関係が崩れることを恐れたんだと思います。ですが、私はそんな兄の気持ちを考えることもなく、強引に手紙を押しつけ、その場から離れました。そして、それ以降は、もはや恋愛感情を隠そうともせず兄に接するようになったんです。きっと、兄は激しく葛藤し、苦しんだでしょう。同時に、もう私のことをただの妹として見ることはできなくなっていたはずです。そんな兄の変化を、私は浅はかにも喜んでいました。それがどんな恐ろしい運命を招くか、夢にも思わずに」

　百合は一度言葉を切ると、ぐっと唇を噛みしめた後、言葉を絞り出すようにして告白を続けた。

「その事件が起きたのは、私が中学二年のときでした。その頃になると、父の生活は荒れ果てていて、朝からお酒を飲んでいるのも珍しくはありませんでした。そして、私や母に次第に暴力を振るうようになっていたんです。初めのうちは、何か気にくわないことがあると手元のコップを投げたり、新聞を破り捨てたりといった程度だったんですが、やがて暴力はエスカレートしていき、三日に一度は母に手を上げるようになりました。それでも、私はまだ怒声を浴びせられる程度で済んでいました。ところが、その日、学校から帰ってきた私を待っていたのは、これまでにないほど泥酔した父で、よほど気に入らないことがあったのか、恐ろしいほど目を血走らせていました。そして、私がほんのささいな口答えをした瞬間、怒りを爆発させて殴りかかってきたんです。最初に頬を殴られた時点で、私は半ば意識を失って倒れていたのですが、それでも父は手を止めずに何度も私を殴り続けました。さすがに平手でしたが、それでも口や鼻が切れて大量の血が流れ出したのを覚えています。そして、ちょうどそこへ学校から帰ってきたのが兄でした。それまで、兄は父の境遇に同情的で、哀れみはしても、非難したり口論したりするようなことはありませんでした。もし、私という存在が兄にとってただの妹に過ぎなければ、兄は父を取り押さえた後で、冷静に諫《いさ》めていたと思います。しかし、そのときの兄は、怒りで我を忘れてしまったようでした。父を私から引き剝がすと、二、三度胸を押し、最後に思い切り突き飛ばしたんです。激しい勢いで転倒した父は、後頭部を床に打ちつけて意識を失いました。我に返った兄は、急いで救急車を呼びましたが、病院に運ばれた父はそれから間もなく脳内出血で亡くなってしまいました。事件を調べた警察は兄に対して同情的でしたが、それでも実の父親を暴力行為によって死に至らしめたという事実は動かしようがなく、兄は少年院に送られることになりました。学校でも成績優秀で、奨学金をもらって地元の国立大学に進むのは間違いないと言われていた兄の将来は、それで閉ざされてしまったんです」

そこまで言うと、百合は強張った笑みを浮かべた。

「どうです、まるで酒呑童子伝説みたいじゃありません？　女の執念が、一人の優秀な男を追い詰め、鬼へと変えてしまった」

「それは……」

朝倉は、以前この神社を訪れたとき、酒呑童子に同情して女たちを非難していた百合のことを思い出していた。あの非難の言葉は、まさしく百合自身に向けられていたものだったのだ。

「父が死に、兄が少年院に送られたことで、母は大きなショックを受けたようでした。鬱《ふさ》ぎがちになり、酒量は増え、体調を崩してしばしば入院するようになりました。そんな母をどうにか支えたいと思い、私は中学を卒業した後、祇園で働くことにしたんです。ですが、私が舞妓になって二年も経たないうちに、母も肝臓を壊して亡くなってしまいました」

「そうでしたか……」

「その頃、兄は二年にわたる収容を終えて、ようやく自由の身になっていました。私は兄に連絡を取り、ぜひ京都に来て欲しいと頼みました。兄としても、花街で働く私のことが心配だったんでしょう、ともかく京都に来て新たな生活を始めることにしてくれたんです。しかし、父親を殺して少年院に送られていた青年を雇ってくれる企業は少なく、散々苦労した末に、どうにか京織堂に就職が決まりました。ともかく仕事が決まって兄はほっとしていましたが、社長の大八木は過去に傷のある人間を雇ったことを恩に着せて、兄をいいようにこき使っていたようでした」

「それから、例の事件があったんですね？」

「はい。最初に連絡を受けたとき、私は何かの間違いだと思いました。兄は一滴も酒を飲まない人で、まして轢き逃げ事件を起こすなんて、絶対にあり得ませんでしたから。きっと警察も、少年院に長期収容されていたという兄の経歴から、予断をもって捜査に当たったに違いありません。私は警察が出した結論にどうしても納得できず、必ず事件の真相を明らかにしようと決心しました」

「では、祇園を去って四条通信社に入ったのは、最初からお兄さんの死について調べるためだったんですか？」

「ええ。被害者の息子である波内さんの側にいれば、事件の真相に迫れる手がかりを得られるのではないかと思ったんです。親身になって世話をしてくれる波内さんを騙す形になったのは、ずっと申し訳なく思っていましたが、それでも私には他に選択の余地はありませんでした」

「そして、あなたの思惑は見事に的中して、波内さんに連絡を取ってきた今枝兄弟のことを知ったんですね」

「私は、彼らに悟られないよう慎重に調査を進めていき、やがて、轢き逃げ事件の真相を知りました。兄の命を理不尽に奪った大八木たちに激しい怒りを抱きましたが、同時に、兄をこのような運命に引きずりこんだのは私自身ではないか、という思いもありました。こうなった以上、私自身も鬼となって兄の敵を討つしかない。そう覚悟するのに時間はかかりませんでした」

「それから、長い時間をかけて、今回の計画を練ってきたわけですね」

この儚《はかな》げで美しい女性のどこに、そこまでの鬼気迫る覚悟が潜んでいたのか、当人の告白を聞いても、まだ朝倉は信じられないような気分だった。

「……死体の側に酒呑童子のメッセージを残したのは、やはりそうした過去があったからなんですね」

「ええ。過去のいざこざが原因で今枝兄弟が大八木や梅はるたちを殺した、という構図で警察に納得してもらうためには、その因縁となった五年前の事件まで突き止めてもらう必要がありました。そのためのヒントを死体に残しておくことにしたんですが、それを酒呑童子のメッセージに託するという発想は、私からすればごく自然に生まれたものだったんです」

「そのヒントがあったからこそ、僕も過去の事件に辿り着けたわけですね」

「まさか朝倉さんがあれだけ警察の先を行くことになるなんて、私としても全く想定外でした」

百合は、朝倉が哀しくなるような笑みを浮かべて言った。

「……計画を立てた時点では、私は警察の捜査の手から逃げ切るつもりでした。ですが、今となっては、たとえ復讐のためとはいえ五人もの命を奪った私が、何の咎も受けずに済んでいいはずがない、と思うようになっていました。私もまた相応の報いを受けることにより、全てが決着するのではないかと」

「長谷川さん、僕は警察官でもなければジャーナリストでもありません。今回の事件を調べていたのは、ただ真相を知りたかったというだけで、犯人を捕らえて罰しようとも、その罪を世間に暴こうとも思っていないんです。ですから……」

「いいんです、朝倉さん」

百合はきっぱりとした口調で、朝倉の言葉を遮った。

「私なんかのために人生を投げ出すような真似はしないでください。それでは、私はまた同じ罪を重ねることになってしまいます」

「しかし……」

「それに、私はむしろ朝倉さんに感謝しているんです。こうして真相を突き止めてもらうことで、ようやく最後の覚悟ができたんですから」

それが単なる口先だけの言葉でないことを示すように、百合の顔には何かから解放されたような安らぎの色が浮かんでいた。

「……分かりました。では、行きましょうか」

朝倉もまた、ためらいを振り捨てて言った。無理に心変わりさせようとしても、決して百合のためにはならないのだ、と自分に言い聞かせながら。

「はい、お願いします」

百合は静かに頷き、神社に背を向けて歩き出した。朝倉はその後ろに無言で付き従う。

これから、百合を連れてどこへ向かうべきなのか、まだはっきりとは決めていなかった。しかし、いずれに向かうにしろ、許される限り最後まで百合に付き添うことを朝倉は心に決めていた。

# エピローグ

百合が逮捕されてから半月が経過した。

当初は新聞、テレビを初めとしたメディアが、文字通り朝から晩までこの驚くべき結末を報じ続けていたが、ここにきてようやく落ち着きを見せ始めていた。ただ、週刊誌などではまだ特集が組まれ続けており、世間がこの話題を忘れるまでには、今後もかなりの時間がかかりそうだった。

一乃が勤める東邦新聞社でも、当然、大々的な報道が行われた。むしろ、津村や各地方支社の記者たちが朝倉の取材に協力していたお陰で、どの新聞社よりも核心に迫るネタを報じることができただろう。

ほぼ特ダネの連続ともいえる状況に、社長以下重役陣は大いに満足し、一乃にまで直々にお褒めの言葉が届いたほどだった。

だが、そうしたお祭りめいた騒ぎは、一乃にとって憂鬱《ゆううつ》なだけだった。せめてもの救いは、国見綺十郎こと朝倉聡太が事件に関わっていたことを報じるメディアがなかったことだ。もしこの事実が発覚していれば、朝倉までもがメディアの狂騒に巻き込まれていただろう。この事実が外部に洩れるのを防いでくれたのは、恐らく事件解決に貴重な助力をしてくれたことへの、警察の捜査本部のせめてもの恩返しだったのかもしれない。

あれから、一乃は遠慮しながらも、何度か朝倉への連絡を試みていた。だが、電話は繋がらず、メールの返信もなく、朝倉の現在の消息を摑めないでいた。

百合が真犯人であり、それを自らが暴くことになったという結末に、朝倉が深く傷ついているのは間違いなかった。できることなら、朝倉の側に付ききりで励ましたいところだったが、所在さえ分からないのではどうしようもない。

編集長の武田も、朝倉の身を案じているようだったが、今はそっとしておくべきだという意見だった。一乃も、無理に朝倉を捜し出すような真似はせず、向こうから連絡をくれるのを辛抱強く待つことにしていた。

その朝倉からメールが届いたのは、十月も中旬になった、ある土曜の朝のことだった。

残暑も去って朝夕すっかり過ごしやすくなり、一乃は起床と共に家中の窓を開けて涼しい風を入れると、何気なく携帯を手にとってメールのチェックをした。

そこで、朝倉からのメールが届いていることに気付いた一乃は、自分の目を疑った。そして、慌ててメールを開いて内容を確認する。

そこに書かれていたのは、今日の午後二時頃、有楽町に出る用事があるので、よかったら会わないかという誘いだった。

一乃は急いで、行きます、と返事を送った。

自宅マンションから有楽町駅までは電車で三十分という距離だったが、逸《はや》る気持ちを抑えられず、一乃は正午前にはもう家を出ていた。

有楽町で軽く食事を取ってから、喫茶店で時間を潰す。午後一時半になったところで、店を出て待ち合わせ場所のホテルに向かった。

一階のロビーに入り、きょろきょろと辺りを見回すと、あっさり朝倉の姿を見つけることができた。テーブルを挟んで二人の男と向き合っている。

朝倉は思っていたよりも元気そうで、にこにこと笑顔を浮かべて話し込んでいる様子だ。どうやって先生を元気づけよう、とずっと悩んでいた一乃としては、ちょっと拍子抜けしないでもない。

朝倉と話している二人の男のうち、一人には見覚えがあった。確か、神奈川県警の利根川警部補だ。そうすると、連れの男もまた警察関係者だろうか。そちらの男は、五十近い年齢に見え、ひと睨みされたら子供が泣き出しそうなほど強面だった。

やがて三人は話を終えたようで、立ち上がって挨拶を交わした。よく見ると、強面の男は国見綺十郎の著作を手にしていた。

ロビーから出て行く利根川たちを笑顔で見送っていた朝倉は、ふと一乃に気付いたようだった。一乃は軽くお辞儀して、テーブルへ近付いていく。

「やあ、西条さん。急に呼び出して悪かったね」

朝倉の声は朗らかだった。

「いえいえ、それはいいんです。先生の元気な姿を見られて、ほっとしました」

「半分死んだような顔で待ってると思っていたのかい？」

「そういうわけでも……」

「冗談だよ。確かに、最初のうちはずっと鬱ぎ込んでいたけど、こうやって外で人に会う元気も出てきたし、もう大丈夫さ」

そう言って朝倉は笑ったが、そのいつにない朗らかさが逆に空元気のようにも思え、一乃は少し心配だった。

「ところで、さっきのお二人は？　お一人は利根川さんだったみたいですが」

席に座ってから、一乃は改めて尋ねた。

「ああ、あの人は……利根川さんの上司の、白石警部だよ。今回の事件で、神奈川県警の捜査本部で陣頭指揮を執っていたそうだ」

「そうなんですね。また何か先生にご用があって？」

「いや、単にお礼を言いに来ただけらしい。それと、事件解決に一役買った作家の顔がどんなものか、一度見てみたかったんだと言ってたよ」

「何だか、すごく怖そうな人でしたね」

「うん。僕も最初は、今回の事件で余計な真似をしたことを叱られるんじゃないかと、びくびくしたもんさ。でも、話してみれば案外気さくな人で、真面目な顔で冗談も言ってたくらいなんだ」

「そうなんですね」

「白石さんは、国見綺十郎の存在自体を知らなかったらしくて、今回利根川さんに初めて教わったって言ってたよ。わざわざ僕の本も買ってきてくれたから、サインをしたんだ。忙しい身なのでいつ読めるか分かりませんが、って断ってたけどね」

　朝倉は愉快そうに説明した。

「一応、これでまたファンが一人増えたわけですね」

「どうかなあ。……そういえば、新作の件なんだけどね」

　そこで朝倉は生真面目な顔になり、

「あれだけ散々取材に協力させておいて、今更こんなことを言うのは申し訳ないんだけど、今回の事件を題材に新作を書くって話は……」

「あ、いいんです、いいんです。もちろん、その話はなかったことにしてください。またいつか、別の題材を見つけてくださるまで待ちますので」

「そうかい、ありがとう」

　朝倉は心からほっとしたように言った。その拍子に、内心の悲しみと虚しさがちらりと垣間《かいま》見えたような気がして、一乃は朝倉の傷がまだ癒《い》えきっていないことを感じた。

「ところで、別に新作を急かす気は一切ないんですが、先生が興味を持ちそうな話を、最近耳にしまし

「うん、いいね。ぜひ行ってみよう」

「はい！」

一乃は元気よく応じた。


て」

「へえ、どんな？」

「北陸の魚津《うおづ》で見られる蜃気楼《しんきろう》をご存知ですか？」

「ああ、それなら実際に見たこともあるよ」

「ですが、冬の蜃気楼は見たことがないんじゃありませんか？」

「冬の？　……うん、確かにそれは初耳だな」

「私、地元の人から、初冬にかなり高い確率で蜃気楼が見られるという海岸のことを教えてもらったんです。もし先生が興味をお持ちなら、取材旅行なんていかがかと思いまして」

朝倉の心を少しでも癒やしてくれるのは、放浪に近いようなのんびりした旅しかないのでは、という気がしていた。

朝倉は真剣な面持ちで、一乃の提案をじっと吟味する様子だったが、やがてにっこりと笑みを広げた。

本書は書き下ろしです。

N.D.C.913　222p　18cm

東《とう》海《かい》道《どう》新《しん》幹《かん》線《せん》殺《さつ》人《じん》事《じ》件《けん》

二〇一七年十月四日　第一刷発行

定価はカバーに表示してあります

KODANSHA NOVELS

著者—葵《あおい》瞬《しゅん》一《いち》郎《ろう》


発行者—鈴木　哲

発行所—株式会社講談社
東京都文京区音羽二-一二-二一
郵便番号一一二-八〇〇一
編集〇三-五三九五-三五〇六
販売〇三-五三九五-五八一七
業務〇三-五三九五-三六一五

本文データ制作—講談社デジタル製作

印刷所—豊国印刷株式会社　製本所—株式会社国宝社



ISBN978-4-06-299110-0